思想：
财富的源泉

黄国其⊙著

马克思论道："生命之灯，因思维而点燃。"
拿破仑认为，世界只有两种力量：一种是剑，一种是思想，
而思想最终总是战胜剑。

哈尔滨出版社
HARBIN PUBLISHING HOUSE

图书在版编目（CIP）数据

思想：财富的源泉 / 黄国其著. —哈尔滨：哈尔滨出版社，2022.9
　　ISBN 978-7-5484-6781-6

Ⅰ.①思… Ⅱ.①黄… Ⅲ.①随笔－作品集－中国－当代 Ⅳ.①I267.1

中国版本图书馆CIP数据核字(2022)第182514号

书　　名：思想：财富的源泉
　　　　　SI XIANG：CAIFU DE YUANQUAN

作　　者：黄国其　著
责任编辑：李金秋
装帧设计：成都现当代文化传播有限公司

出版发行：哈尔滨出版社（Harbin Publishing House）
社　　址：哈尔滨市香坊区泰山路82-9号　　邮编：150090
经　　销：全国新华书店
印　　刷：北京建宏印刷有限公司
网　　址：www.hrbcbs.com
E－mail：hrbcbs@yeah.net

编辑版权热线：（0451）87900271　87900272
销售热线：（0451）87900202　87900203

开　　本：880mm×1230mm　1/32　印张：7.5　字数：163千字
版　　次：2022年9月第1版
印　　次：2023年1月第1次印刷
书　　号：ISBN 978-7-5484-6781-6
定　　价：69.80元

凡购本社图书发现印装错误，请与本社印制部联系调换。
服务热线：（0451）87900279

序

　　思想是一种思维，是精神中最有创造力的元素，包括逻辑思维和形象思维都是思想的特征，并赋予了价值意义。马克思谈道："生命之灯，因思维而点燃。"拿破仑认为，世界只有两种力量：一种是剑，一种是思想，而思想最终总是战胜剑。

　　知识、技术、学识、经验、教育、环境等都是培植思想的沃土。帕斯卡认为，人显然是为了思想而生的，这就是他全部的尊严和他全部的优点，并且要像他所应该的那样去思考。他的思想的顺序，应该是从他的创造者以及他的归宿人全部的义务开始。

　　思想是精神化学与物质化学融合而成的最尊贵的智能并创造美好生活。离开了思想，任何一种物质都会沉睡于地下而得不到探研与挖掘。

　　建筑、艺术、文化、政治、财富等都是思想构建的。作家查尔斯·哈奈尔说："思想是一种可塑性极强的原材料。思想是构建我们生命成长大厦的重要基石。思想的使用价值是确保思想存在的决定性力量。我们在做任何事之前，都要首先对思想进行了解和恰当运用。"

　　思想是创造的源泉，能不断创造财富。道德、知识、经验、智慧等都是思想中的元素，取之不尽，用之不竭。如知识创造、管理创造、技术创造都是思想结晶，创造世界美好，焕发巨大的能量。

思想是创造物质财富的基础。思维能产生见解、思路、观点，使人能认识改造世界并创造财富。如知识经济能带来人与自然、人与物质、人与社会的和谐，通过科研开发节能环保产品，达到持续发展。现代生物、信息、航天、海洋等技术通过科技知识转化为生产力，为人类带来美好前景。美国学者马克·维克托·汉森和罗伯特·g.艾伦在谈论思维时说："思维观念能发展出财富种子，如著作、书籍、剧本、发明、工艺、专利等。"可见思想创造的能量。

思想让人更有精神力，如音乐、电影、电视、网络、民俗器物等通过思想的创造让人享受视觉艺术的盛宴，并提振精神。

思想具有延伸性、广阔性、易变性，它来自不同的思维。在思维中潜藏有联想思维、管理思维、整体思维、纵向思维、逆向思维、变通思维、专注思维、发散思维、直线思维、跳跃思维、直觉思维等，它是创造的基因，每个人都能从思维的基因中创造自己的未来，创造自己的幸福生活。

思想的好坏决定人生的幸福。好的思想给人以快乐幸福，坏的思想给人以沉沦。纯洁的思想带有淳朴、善良，充满着阳光自由。而坏的思想带有贪婪、懒惰、自私、偏激，使人消极。

思想是一种历史演变，是时间运动与创造的结晶。爱因斯坦说："思维世界的发展，从某种意义上说，就是对惊奇的不断摆脱。"中国儒道思想在长时间演变发展中涌现出许多学说理论思想，如董仲舒天人感应理论、王充元气自然论、韩愈道统说、柳宗元封建论、朱熹张拭理学、周敦颐谦学、程颢程颐洛学、王阳明阳明学说、谭嗣同仁学等，他们的本质理论没有脱离儒道学，都吸取改造了儒道思想，构筑了一个新的儒道形态，成为中国思想文化的富矿。特别是孔子、老子的思想影响深远，并渗透在人的观念、习俗、行为、信仰和情感中，塑造成中华民族性格特征。

思想是一种光芒并引导人生。在西方有许多杰出的思想家，如苏格拉底、亚里士多德、柏拉图、德谟克利特、马可·奥勒留、西赛罗、梭伦、莱布尼茨、拉罗什富科、叔本华、黑格尔、席勒、康德、尼采、马克思、舍勒、培根、斯宾诺莎、蒙田、罗素、孟德斯鸠、斯宾塞、萨特、海德格尔、爱默生、马斯洛、亚当·斯密等为人类放射出光芒。不论是政治、法律、经济、社会学说，还是自然、科学、道德学说，他们的思想都影响深远。如亚里士多德的逻辑伦理思想成为欧洲哲学统一性基础，柏拉图政治学说成为西方施政纲要，对西方政治、经济、文化、艺术、教育、历史等影响巨大。而马克思的资本论至今影响着世界，并成为世界文化典籍。

思想是融合出的哲学。思想需要沟通，思想的沟通来自政治、文化、商贸的交流，交流也是思想时间的融合，融合才会生出智慧的光芒。老子、孔子、孟子、孙子等学说在明清时期传入西方，得益于文明交流，孟子"人人皆可成为尧舜"与马斯洛"自我实现"理论都彰显了东西方人生价值的意义。老子《道德经》与拉罗什富科《箴言集》都以道德的光芒辐射人类。而和而不同、求同存异，恰恰是思想碰撞出的火花。当莱布尼茨、康德、叔本华、亚当·斯密、罗素等西方哲学家把东方老子思想融入自己的哲学思想中，于是有了创造，有了他们思想的光辉。美国政治家格伦·蒂德曾认为："只有通过思想才能认识现实，并同现实密切结合。思想是一种光源，比如说，许多伟大政治思想不仅可以照亮现实的存在，而且可以照亮前进的道路，如果没有这些思想，人类生活就处于黑暗

之中。"

思想是精神的容器，精神为思想构筑良好风尚。美国作家哈奈尔论精神时说："自然界的万事万物都与精神有着千丝万缕的联系。推理，乃是精神的过程；观念，乃是精神的孕育；问题，乃是精神的探照灯和逻辑学；而论辩与哲学，乃是精神的组织机体。增减盈亏，都不过是精神事务而已。"

思想是灵魂家园。它包容过去、超越现在、创造未来。思想是精神的表现。离开精神，思想找不到灵魂；离开思想，精神得不到表达。查尔斯·哈奈尔认为："最杰出的伟人，他们的成就最初也都是封存在他们的内心里，但只有当他们的精神通过大脑产生作用，通过想法表达自己，从而创造出作品的时候，他们的精神才会完全被人们所认识。"

目录

1 生命 …………………………………（1）

2 恬淡 …………………………………（3）

3 选择 …………………………………（4）

4 理想与现实 …………………………（6）

5 自制 …………………………………（7）

6 公正 …………………………………（8）

7 宽恕 …………………………………（10）

8 犯错 …………………………………（11）

9 容错 …………………………………（11）

10 固执 …………………………………（14）

11 冲突 …………………………………（15）

12 创伤 …………………………………（15）

13 自省 …………………………………（16）

14 无知 …………………………………（16）

15 放弃 …………………………………………………（ 19 ）

16 畏惧 …………………………………………………（ 19 ）

17 觉察 …………………………………………………（ 20 ）

18 情绪 …………………………………………………（ 20 ）

19 容纳 …………………………………………………（ 21 ）

20 讹诈 …………………………………………………（ 22 ）

21 炫耀 …………………………………………………（ 23 ）

22 奢侈 …………………………………………………（ 24 ）

23 造假 …………………………………………………（ 24 ）

24 偏执 …………………………………………………（ 25 ）

25 蒙蔽 …………………………………………………（ 26 ）

26 强大 …………………………………………………（ 26 ）

27 名利 …………………………………………………（ 29 ）

28 契约 …………………………………………………（ 30 ）

29 高贵 …………………………………………………（ 30 ）

30 气度 …………………………………………………（ 30 ）

31 快乐 …………………………………………………（ 32 ）

32 知心 …………………………………………………（ 32 ）

33 朴素 …………………………………………………（ 33 ）

34 领导 …………………………………………………（ 35 ）

35 希望 …………………………………………………（ 36 ）

36 勇气 …………………………………………………（ 37 ）

37 激励 …………………………………………………（ 39 ）

38 自由 …………………………………………………（ 40 ）

39 征服 …………………………………………………（ 40 ）

40 精神 …………………………………………………（ 41 ）

41 责任 …………………………………………………（ 42 ）

42 教育	（43）
43 感恩	（44）
44 命运	（45）
45 挫折	（45）
46 忍耐	（47）
47 宽慰	（48）
48 背叛	（48）
49 自利	（49）
50 学问	（49）
51 尊严	（50）
52 承诺	（51）
53 自省	（51）
54 付出	（51）
55 善良	（52）
56 友善	（53）
57 出身	（54）
58 同情	（55）
59 时间	（56）
60 教养	（57）
61 价值	（58）
62 机会	（58）
63 时机	（59）
64 智慧	（61）
65 超越	（61）
66 良言	（62）
67 诚信	（63）
68 优越	（64）

69 心灵 …………………………………………………（65）

70 信念 …………………………………………………（67）

71 苦难 …………………………………………………（68）

72 品格 …………………………………………………（68）

73 包容 …………………………………………………（69）

74 评价 …………………………………………………（70）

75 批评 …………………………………………………（71）

76 信任 …………………………………………………（71）

77 诠释 …………………………………………………（72）

78 自知 …………………………………………………（73）

79 忠诚 …………………………………………………（73）

80 坦诚 …………………………………………………（74）

81 理念 …………………………………………………（74）

82 借鉴 …………………………………………………（74）

83 创新 …………………………………………………（75）

84 痛苦 …………………………………………………（77）

85 恐惧 …………………………………………………（78）

86 受制 …………………………………………………（79）

87 轻浮 …………………………………………………（79）

88 诱惑 …………………………………………………（79）

89 愚蠢 …………………………………………………（80）

90 虚假 …………………………………………………（81）

91 虚荣 …………………………………………………（81）

92 残忍 …………………………………………………（82）

93 冥想 …………………………………………………（82）

94 学问 …………………………………………………（82）

95 知识 …………………………………………………（83）

96 读书	（83）
97 失望	（91）
98 伤痛	（92）
99 怀疑	（92）
100 经验	（93）
101 平等	（94）
102 尊敬	（95）
103 爱	（95）
104 开放	（97）
105 审美	（98）
106 占有	（99）
107 赌博	（99）
108 缺陷	(101)
109 丑貌	(101)
110 骄傲	(105)
111 面具	(106)
112 欲望	(107)
113 意志力	(108)
114 宁静	(108)
115 创造	(108)
116 价值	(109)
117 利益	(109)
118 信仰	(110)
119 时代	(111)
120 现在	(111)
121 优雅	(112)
122 敬畏	(112)

123 赞誉 …………………………………………（113）

124 信任 …………………………………………（113）

125 谬误 …………………………………………（114）

126 语言 …………………………………………（114）

127 灵感 …………………………………………（114）

128 思考 …………………………………………（115）

129 情感 …………………………………………（115）

130 变化 …………………………………………（116）

131 孤独 …………………………………………（117）

132 潜意识 ………………………………………（118）

133 灵与肉 ………………………………………（119）

134 梦想 …………………………………………（120）

135 责任 …………………………………………（120）

136 人工智能 ……………………………………（121）

137 永恒 …………………………………………（124）

138 机遇 …………………………………………（125）

139 闲游 …………………………………………（125）

140 贫穷 …………………………………………（125）

141 和谐 …………………………………………（130）

142 礼仪 …………………………………………（130）

143 预言 …………………………………………（131）

144 存在 …………………………………………（132）

145 青春 …………………………………………（132）

146 忧患 …………………………………………（133）

147 境界 …………………………………………（134）

148 仁义 …………………………………………（134）

149 淡泊 …………………………………………（135）

150 尊重 …………………………………………（135）

151 谦逊 …………………………………………（136）

152 高贵 …………………………………………（136）

153 超越 …………………………………………（137）

154 灵魂 …………………………………………（137）

155 卑劣 …………………………………………（139）

156 幸运 …………………………………………（139）

157 自尊 …………………………………………（140）

158 真理 …………………………………………（141）

159 远见 …………………………………………（142）

160 人生 …………………………………………（142）

161 苦难 …………………………………………（143）

162 思考 …………………………………………（143）

163 谎言 …………………………………………（144）

164 财富 …………………………………………（145）

165 宽容 …………………………………………（146）

166 思想 …………………………………………（146）

167 指责 …………………………………………（149）

168 抵御 …………………………………………（150）

169 节制 …………………………………………（150）

170 完美 …………………………………………（150）

171 才华 …………………………………………（151）

172 记忆 …………………………………………（151）

173 学习 …………………………………………（152）

174 压抑 …………………………………………（155）

175 自知 …………………………………………（155）

176 君子 …………………………………………（156）

177 物质 …………………………………………… (157)

178 习惯 …………………………………………… (157)

179 坚强 …………………………………………… (158)

180 坚韧 …………………………………………… (158)

181 自爱 …………………………………………… (160)

182 放弃与坚守 …………………………………… (161)

183 坎坷 …………………………………………… (162)

184 失败 …………………………………………… (163)

185 谦卑 …………………………………………… (164)

186 美德 …………………………………………… (165)

187 担当 …………………………………………… (166)

188 个性 …………………………………………… (167)

189 友谊 …………………………………………… (168)

190 音乐 …………………………………………… (169)

191 数学 …………………………………………… (175)

192 文学 …………………………………………… (179)

致 谢 …………………………………………………… (225)

1 生命

生命是人与自然存在的价值意义。

爱是生命中的灵魂,生命因爱赋予了意义,包括创造、学习、生活、工作、休闲等都为生命赋予了意义。弗洛姆把爱看作是一门艺术并赋予其生命人格的精神,他认为爱是学习与实践的艺术,付出爱能克服自恋等一切不好的品性并唤起生命深处的生机,从而达到心灵快乐,使自己更加尊重生命,尊重他人,使自己更加独立。而弗洛伊德把爱看作是建立在性爱基础上的快乐,是人类生命的自我发现。蒂里希把爱看作是存在与勇气,他认为人类的爱是一种从生存的困境和爱的困境走出来的连续不断的觉醒,便以勇气抗拒焦虑,使人有着正义之爱及信仰。

生命是细胞构成的。细胞构建了生命的物质与精神并有着系统与智力。每一个细胞为生命建立了各自繁殖的功能与系统并发挥价值作用。美国作家查尔斯·哈奈尔论生命细胞时说:"有些细胞从事生产,譬如嘴、胃、肠、肺,给身体提供食物、水和空气;有些细胞从事供应分发和废物排除,譬如心脏、血液、淋巴、肺、肝、肾、皮肤;有些从事公共管理,譬如大脑、脊髓、神经;有些细胞则忙于保护,譬如白血球、皮肤、骨头、肌肉;还有些细胞则担负着物种繁殖的功能。"

细胞的失去与再生是生命中的新陈代谢,它复合、修复、创造了生命的伟大。

细胞的进化,是生命进化;细胞的成长是智力的成长与牺牲。当细胞成为生命的机体,预示着细胞承担的责任与自身健康的使命。

查尔斯·哈奈尔在谈到细胞的修复说："当身体表面有损伤或被擦伤时会发生什么呢？白细胞或者所谓的白血球就会成千上万地牺牲自己，以保住身体，这是必须的。它们在身体中完全自由地生活。不跟随血液随波逐流（除非是在忙乱中被带到某个地方），而是作为独立生命到处走动，留心仔细不出错。一旦发生擦伤或割破身体表皮的事情，它们立刻就会得到信息，前赴后继赶赴现场，指挥修复工作，如有必要，它们还会改变自己的职业，以承担不同的工作。为把组织凝固在一起而制造结缔组织，几乎在每一个裂口上（无论是擦破的还是被割开的），都有不计其数的白血球在修复和愈合伤口的工作中英勇献身。"

生命以追寻美好而达成人生意义，以信仰与道德素养达成人生价值。

死亡是生命的终结，从死亡中能看到人性的高尚与卑劣、平凡与平庸。

完美与缺陷是生命的一种审美。生命从脆弱中锻造出坚强，从浅薄中提炼出深厚，从自私中淬炼出高尚。生命因完美与缺陷并存而显示出真实的意义。

生命的演化是自然的选择，生命来自自然，也是自然规律的一种演变。生物学家杰里·科因说："地球上生命逐步演化起始于一种35亿年前的原始物种——也许是一个能自我复制的分子，该原始物种会随着时间的推移扩张，产出许多新的物种；对于大部分（但并非全部）演化中的变化，其机制是自然的选择。"

生命从变化中探知自身的境遇。生命有繁花盛开，也有衰败落叶；有时间定理，有命运福祸。如诗经中"天生烝民，其命匪谌""疾威上帝，其命多辟""天命靡常""天命反侧"都反映了天命变化及人生际遇变化。

尊重自然，是生命中的美德；与自然和谐相处是生命中的修养。

思考赋予生命理性精神，思考赋予生命一种智能与创造。

生命向内，是灵魂寻找回归的地方；生命向外，是精神寻找出处的地方。

生命因优秀品格成就伟大。如纯洁、纯真、善良、质朴、沉思、意志、勇气、坚强、自信、自尊、关爱、热忱、自省、从容、激情、诚信、勤奋、节俭、包容、思念等都是生命中的优秀品格因子并成就自己。

生命因卑劣让人羞耻。如愚昧、浮躁、淡漠、畏缩、恐惧、嫉妒、纠缠、浅薄、自私、伪善等都是生命中的卑劣因子，但生命因有高贵的因子引领战胜卑劣。

2 恬淡

恬淡是快乐与宁静的本源，让时间与生命回归自然的状态。

恬淡是心灵的柔软与感性的精神意识，为压抑、痛苦、烦躁、恐惧释放了情绪空间并寻到了一种快乐的方式。

不要因忧郁而迷惘，不要因懊恼而生气，不要因痛苦而伤心，不要因压抑而报怨。放弃名利，简化自己的生活，是恬淡；放弃浮华与虚荣，简化自己的物质，是恬淡。清风徐来，水波不兴。

时光不老，是因为有恬淡悠远；生命灿烂，是因为有恬淡沉香，卢梭有一句至理名言：燧石受到的敲打越厉害，发出的光就越灿烂。

从焦躁、压抑中走出，是一种恬淡；从虚荣中走出，是一种恬淡；从名利中走出，是一种恬淡；从贪图享受中走出，是一种恬淡。

恬淡是医治虚妄、欲望的精神之药，它使欲望转向淡泊，使虚妄转向本真。

3 选择

让心灵做出安排以检测人生的方向。

选择是人生的方程式，赋予了风向标。没有价值的选择，会拖累自己的人生。

托尔斯泰说道："选择是你的唯一的利剑，如果你不让这把剑闪光，那么你的人生将黑暗。"

错误的选择分裂自己的情感，正确的选择融合自己的感情。选择了爱，使人有了温暖；选择了尊重，使人有了友善；选择了宽恕，使人有了包容；选择了恨，使人有了痛苦；选择了恐惧，使人有了害怕。每一种选择，都是对人生做出的一种方向，但正确的选择更有精神仪式。

有一种选择是自然选择的安排，如父母给的生命，包括性别、基因、血型、容貌……使选择赋予了天然与生机。

正确的选择来自自身良好的学识、素养、知识、经验、教育，也来自艰苦、磨难、挫折，它是奠定伟大前程的基石。

信仰的选择是一种神圣，理想的选择是一种希望。选择使人分清了人生的路径、感情的路径。但每个时期，有每个时期的选择，而选择丰富了人生路径。

选择是改变自己的一种途径。原先选择与后来选择都是人生的财富，孔子从弃政从教中建立了儒学，陶渊明从弃官为民中找到了诗意的生活，鲁迅从弃医从文中找到了现代文化的价值。

选择是心灵与思想决出的结果。秉承自己的兴趣选择职业，是一种负责；秉承自己的志向理想选择事业，是一种使命。

选择是精神做出的一种信念。选择的道路不同，也决定了各自人生命运的不同。"志不同道不合"说出了人生价值的意义。

明智的选择比愚蠢的决策更有先见之明，因为它能权衡利弊并超越自身的缺陷而引导自己趋向完美，而愚蠢却看不到自身的缺陷而把自己引向困境。

选择对每个人都有着同等的条件，但因自信、自负、自卑、信念的因子存在，使选择有了情感的影响。如自信与自负同样能做出正确的选择，但自负会使正确的选择落入困境。

在特定的时代，选择是身不由己的，受到上层建筑、政策的很大影响，因而选择也就有了政治方向、立场。但是个体的选择依然孕育出强大的生命力，一旦遇上合适的条件，选择自己所做的工作事业也就有了曙光。

年轻使选择赋予了理想、希望、激情。虽然每一种选择都是自己做出的人生安排，但成功与失败，也在选择中留下记忆与教训。严歌苓说："跟着人群走是一种选择，一种安全的选择。跟着爱好走，跟着理想走，是冒险的选择，有不可预料的成功与失败等在前面，但因为年轻，选择得起，失败得起，可预料的未来反而无趣。"金庸年轻时曾就读于重庆一所大学外语系，他的理想是当一名外交官，但因个性好强，敢于直言，中途就被退学。后来，他选择了武侠文学写作，从香港《新晚报》连载他的小说《书剑恩仇录》，到他自办《明报》连载的小说《天龙八部》，再到一部部小说改编成影视剧，可见他的新武侠小说的影响力。他从武侠文学中找到了自己的兴趣，也从选择及挖掘中国历史文化故事中成就了自己的一番事业。

职业选择的多样性赋予了一种广阔与学识，也是一种求真。那些历代的名人就显示出在历史、文学、思想、政治等诸多领域的成就。如管子在政治、思想、军事、法学等领域的非凡成就，张衡在天文学、文学、地理、数学等方面的成就，古希腊哲学家、科学家亚里士多德在伦理、神学、自然科学、教育、诗歌、法律、心理、修辞等学科的造诣，富兰克林在政治、哲学、科学、文学、发明等方面的成就，都给选择赋予了多样性与广阔性。

选择是对自身能力的检测，也是一种自知，以使自己做出正确的选择。

选择赋予了道德。人生的选择就从良知出发，从爱、正直、宽容、尊重中做出伟大的选择。它是愈合伤痛的良药，也是趋向健康的心灵良药。

4 理想与现实

理想是对未来人生的一种想象与希望，现实是反映生活而存在的事物本质。

有人抱着彩虹高飞，却容易跌落现实的谷底。有人从现实的谷底出发，却能抱着彩虹高飞。不一样的人生理想与现实，却制造了美好与落幕、时间与距离、成功与失败。

理想与现实隔着距离，现实很骨感，理想很丰满。

理想是信念中的一道光芒，现实是挫折中的一道险峰。

带着理想出发时，我们遇见了最美的自己。带着理想腾飞时，我们遇见了最美的精神。不论现实让自己承受多少苦难，理想会给自己一盏明灯。

现实是理想中的跑道，不论理想飞得多高，终究要飞回现实中。

理想是现实中的精神，不论现实多么残酷，理想支撑精神并燃烧出青春力量。

忠于理想，是对理想的一种执念，一种诚心，一种效忠。

放弃理想，是对信念的否定；逃离现实，是对生活的背叛。

文艺从现实主义中表现出一种创作方法，并达成文艺理想与精神。

人生的积累与沉淀，为理想与现实提供了经验、学识与方向。

在理想与现实中，思想是主宰自己的王者。

5 自制

相信自己的控制力，以对付自己扩张的权力。

自制是管理自己思想情绪的安全按钮，也是自我控制思想情绪的一种能力。尼采认为，所谓自制，就是要与心中的欲望争斗，控制自我，做自己行为的主人。

自制克制欲望，达成身心的健康。

诱惑与贪欲验证自制。

失控于自己是伤害，自控于自己是善爱。

自制不是控制自己的身心，而是控制自己的贪婪、浮躁、冲动、自大、骄横，以让自己更有理性与精神。

具有自制的人能显示其魅力与品格，失去自制的人会暴露卑劣的品性，使自己的情绪失衡、失控，最终，为自己不能自制而怨恨、痛惜。

自制是理性的一种道德约束并平衡扩张的欲望。

成功归于自制，失败归于不自制。

6 公正

公正是一个社会的良心，也是行走在世界的良知与正义。

公正是建立自由、快乐、幸福的基石。失去公正，没有真正意义的安全与自由。

公正是人生事业的一把道德尺子，它可以衡量得失，也可以衡量人性品格，并验证美善与丑陋。孔子认为："政者，政也。子帅以正，孰敢不正。"说出了为政者要有公正之心的垂范作用。

公正被卑劣的人盗用，会欺骗善良，掩盖真实。当卑劣的人打着公正的旗号行使不法行为时，善良也被蒙蔽了，成了卑劣者的"良心正义"。如司法腐败可造成司法不公正。

没有公正的良心，对国家、社会、市场是一种损害，对诚信是一种损毁。如社会出现的伪劣药品、食品掺伪、证券学历论文造假等都是对公正的损害。食品掺伪，包括在肉制品、乳制品、酒、植物油等掺假和伪造；药品造假以骗取药品批准证明文件生产、销售药品；证券造假以财务造假、虚增利润、信披违规、隐瞒股东权益变动、股权质押、关联交易以及借壳欺诈、内幕交易、虚假交易、欺诈发行、操纵市场等手段达到自己的利益最大化。其中证券市场的财务造假已严重损害了投资者的利益，毁坏了市场诚信基础，2021年证监会披露了2020年证券市场20大典型违法案例，涉及内幕交易、信息披露违法违规、操纵市场等违法行为。如康得新，连续三年造假，累计虚增利润115亿元；东方金钰虚构采购销售合同，虚构利润3.6亿元；凯迪生态隐瞒实际控制人信息及10余亿元关联交易，使关联方非经营性占用资金8.8亿元；凯瑞德实际控制人吴联模通过操纵市场，非法获利8500余万元。在操控公司股价中，吴联模一边配资14亿元炒作公司股价，一边又操控发布上市公司利好消息，由此获得了巨大的利益，最终，他被证监会处罚没款5.1亿元。内幕交易案被证监会罚没数额最大的要数汪耀元，他被罚没36亿元。汪耀元是健康元实际控制人，在内幕交易中，他与亲属控制了21个账户，并顺利购买了10亿元健康元而获得不法利益9亿元。

人性的不公正，是贪婪、虚伪、偏袒、徇私、腐败等卑劣的因子损害了公正，使利益倾向于卑劣；而人性的公正，是正直、信用、平等等高贵因子得到了弘扬，使利益倾向于良知。

世上没有绝对的公平，但有人性的良知与正义。一个正直的人不会背叛公正，一个装着利益诱惑的人一定会背叛公正。

公正是政治的基础，也是道德与法制的精神。良好的政策、制度，能体现公正给社会和个人带来的和谐、安宁；不好的政策、制度，只会使公正旁落，让利益变为少数人的红利，甚至是谋私的工具，使国家、社会受伤。

司法公正是社会政治民主进步的标志，是司法人员的良心正义、法制正义，体现的是公平、正义的精神。司法公正也是国家经济发展和社会稳定的重要保障，使公平正义得到维护和实现。习近平总书记在中央全面依法治国工作会议中，强调要深化司法责任制综合配套改革，加强司法制约监督，健全社会公平正义法治保障制度，努力让人民群众在每一个司法案件中感受到公平正义。

公正让公民获得财产的保障，获得政治、社会的平等权利。如《中华人民共和国物权法》，除了对国家、集体、私人的物权实行平等保护外，还为各类经济体，包括国企、民企、外企等提供了公平竞争的平台，通过实行统一的税率，让各类市场参与者发挥最大的经济社会价值。

公正是社会的稳定器，是创造效率价值的法宝。一个风尚良好的社会,来自公正。如人人都可享受教育、医疗、就业、养老、法律、自由等方面的保障,并获得公正给自己带来的幸福、自由与快乐。而一个不公正的社会,由于存在利益、生存竞争等矛盾,导致社会冲突升级,践踏法制,阻碍社会、政治、经济、文化的发展与进步并撕裂社会。

公正对自己与他人都是人生最大的道德天平。公正与人际、社会、制度、利益、道德、品性等相连,当公正遇到偏袒、徇私、蒙蔽、诱惑,作为一个执法者应以法制维护正义,而一个普通人应以正直表达正义与守法,即使遭遇不公正的待遇,也以信念坚守自己的正直良心。

仁慈与同情,都促使公正用理性的情怀表现高尚与伟大。法外柔情是表现人性社会的一种温情与正义,既不失于公正,也不失于情怀。让正义得到伸张,让邪恶得到制裁。

坚守公正,是一个人的良知,是一个社会的良知。每一种对权力的监督制约,都是对公正的保证;每一种职业操守,都是对公正所做出的精神承诺;每一种人文法制素质,都是对公正所做出的文明。

7 宽恕

宽恕是心灵的宽度,它带你从愧疚中走出。

宽恕既渡自己灵魂,也渡他人的灵魂,使胸怀放远,有一个希望与未来。

不能宽恕,是嫉妒、自私、仇恨……伤及自身,使内心的善难以平衡劣性的因子,它既不能原谅自己,也不能原谅他人。

宽恕是接纳自己与他人的一种良知,是愧疚对过错的反省,也是歉意升华的一种德行。

8 犯错

犯错是侵犯了自己与他人的道德与权益而留下的卑劣。

犯错是对责任的一种伤害。

犯错是人性的弱点,也是构建理性、沉淀杂质的暗元素。没有人不犯错,也没有人没有错。错误一直潜藏于心灵的暗角,侵袭理性践踏真理,让自己不得安宁。

有意识地犯错与无意识地犯错,都给心灵带来了阴影,它偷走自己的理性、真理,把自己带向反面。

谴责犯错,无助于更正错误,带来的是报怨、憎恨。而容纳自己的错误,才是把错误带向真理的途径。

宽恕自己犯错,是希望自己从犯错中走出,走向正确之路。

9 容错

容错是生命进化中的升华,是灵魂探知的熔炉。一切的失误、自私、固执、自负、自大……都可在容错中改变,并引向高贵。萧伯纳曾说:"一个尝试错误的人生,不但比无所事事的人生更荣耀,而且更有意义。"英国科学家波普尔认为:"人是生物的机体,一切的生物机体都要犯错误。"波普尔还认为,自然界像人类一样,是通过多方试探和消除错误的试探而进化的。进而他提到人类和科学的进化是这个自然界的试错过程中更高级的继续。学者纪树立对波普尔的观点非常认同，他谈道："试探和错误使自然界增添了新的组织形态——新的天体、新的元素、新的物种。这是自然界本身的创造过程，是创造性进化过程。这个过程是从试探开始的，而绝大多数的试探，百分之九十九，甚至可以说基本上是百分之百，都是在后来的选择中被淘汰的，都是有害于进化的，因而也都是错误……如果为了杜绝错误而禁止一切创造的试探，也就从根本上堵塞了进化的道路。"

容错在身心出现不协调或事物矛盾不统一的情况下能做出一种容纳，也是灵魂在启动对话的一种沟通。而灵魂在容错中扮演了重要的角色，它让对与错、优与劣、成与败都在环境中熔炼，直到对立中统一、对立中创新、对立中完美。爱迪生在谈到容错时说："失败也是我需要的，它和成功对我一样有价值。只有在我知道一切做不好的方法以后，我才知道做好一件工作的方法是什么。"容错使我们看到了优点与缺点、坦途与困境、高尚与卑劣。容错就在正负的因子中释放出善意、释放出智慧，并使我们从阴影中走出，从失败的挫折中走出，成就自己的人生方式。

容错是在矛盾中确立的一种反应机制，使自己能更好地调适矛盾，产生新的意识。黑格尔谈论矛盾时说："多样性的东西，只有相互被推到矛盾的尖端，才是活泼生动的，才会在矛盾中获得否定性。而否定性则是自己运动和生命力的内在脉搏。"也就是说，矛盾具有两面性，它是正与负对立统一激荡出的潜能，也是发现真理的缘由。越对立，越能显示出激情与创造，也就更加明晰自身潜在优劣品质中的生态。正如恩格斯所说："今天被认为是合乎真理的认识都有它隐蔽着的，以后会显露出来错误的方向。同样，今天已经被认为错误的认识，也有它合乎真理的方向。因而，它从前才能被认为是合理的。"

　　容错是缺陷或缺点发生在身上而显示出的一种宽容。容错不为错，体现的是在错中发现正确，在正确中修正错误。犯错是过，也是一种新，它体现的是一种自省。而丝毫不容许错误存在的人，有时看起来很完美，但隐藏了自身的危机。

　　容错是创新的开始，它有着进取、激励、担当、勇气、责任。容错在通用、惠普、苹果、华为……都视为一种制度与创新。通用领导人韦尔奇对容错有很深刻的认识，他也是善于检讨的人，他曾直言不讳地说道："我在担任这项工作的18年中，犯的错误大概比美国的任何人犯的都多。"犯错也成了通用研发部门的一种合理常态。后来，韦尔奇把这一犯错写入公司章程。如员工不犯合理错误，就得不到提升。犯了错误的员工反而能提升，而且还能得到一笔奖金。曾在研发部门工作的一些工程设计师，在研制无水干洗机时，就遭遇了试错的考验以及对失败的回报。他们经历了无数次错误与失败，而公司除了奖励参与的研发人员外，还提拔了团队领导人，以体现对他们付出心血的一种尊重。

　　容错是优与劣两种因子的存在，是一段卑劣的开始与终结，又是正确的起始，真理的起始。容错并不可怕，可怕的是固执与保守，它让容错在这一思维中固化，成为进取、创新的羁绊。

　　容错考验着心量的大小，也是包容生命的一种心态。被狭隘与自私左右，是卑劣占有了良知；被宽宏与仁爱拥抱，是良知赋予了灵魂。

　　容错既是对自己与对方的一种宽怀、激励，也是对自己与对方的一种安慰。逃避与掩盖错误，会让优点与美德黯淡，会阻止自己的创新而陷入荒谬的境地。而宽容错误的存在，反而使真理显现，让错误变为教训。

　　容错在探索与尝试中得到突破、成长与发展。3M公司前董事长威廉·麦克纳曾说:"我认为在发生错误时,如果管理者独断专行,过于苛责,只会扼杀人们的积极性。只有容忍错误,才能进行革新。"100多年前,3M公司由来自不同领域的五位投资人创建,公司当初的业务是采矿挖掘黄金。但令他们意想不到的是,在他们投资的矿区开采出来的不是黄金,却是矿砂。他们不知道矿砂的价值用途,非常失望。后来,一位专家说,可用矿砂做成砂纸……当他们听到矿砂有很好的利用价值时,为之一震。于是,他们马上组建了研发部门,进行研究。当砂纸研发出来后,便一下行销市场。之后,3M公司又开发出耐水砂纸、刀片等许多产品,也由单一采矿制造转向了化工、航天、电子、电力、医学等领域。至今,3M公司已开发出6万多个新产品,进入《财富》世界500强企业。容错使他们超越了自身的无知,在探索中,从桎梏的思维中走出,创造了巨大的价值。

10 固执

以古板执着显示自己的性情与态度。对自己的态度表现得合情合理,对他人陈述事实的态度却认为不合情理。

固执高估了自己行为能力,变为了一种莽撞。它失于变通,而死守僵化的意识教条,最终也败在自己的古板之下。

固执封闭自己的创新,而执着坚守自己的创新。

一人的固执,会败于职业的操守;多人的固执,会败于社会事业的操守。

11 冲突

冲突是矛盾中互不相容的一种对抗。

在不同的价值观念中容易发生冲突,如利益、观念、思想、文化、知识、价值的不同,都会引起争执、冲撞,它是矛盾体的争斗。

冲突在政治、文化、经济、金融、宗教、种族、家庭、集团、组织中都会发生,它是不同利益、价值、诉求的矛盾碰撞。不公平、误解、思想不统一、不同的性格情绪、仇恨、利益分裂、贫穷、排斥、分歧等因素,都会使矛盾升级并引燃对抗。

冲突是对自己利益的一种损伤,也是对自身变革做出的反应。

冲突是历史的演变过程,文明从冲突中产生,冲突在文明中融合。

以战止战,以正义制止邪恶,都是对冲突的消融。

从冲突中可看到人性的高贵与卑劣。

冲突需要协调、沟通、理解、回避、妥协、尊重、友好等达成对各自利益的平衡。否则,冲突永远是自己的敌人。

12 创伤

创伤是物质与精神遭受的一种损害。各种战争都会给心灵与身体留下伤痕,深与浅显示了创伤的程度。

内心的创伤需要意志与时间疗养,身体的创伤需要药物与时间治愈，而意志是战胜身体创伤的精神武器，即便超出了身体承受能力，意志永远是抗击脆弱的强大能量。

创伤是他人或自己划下的痛苦印痕。被他人创伤，是一种从外部袭击的伤害；被自己创伤，是一种从内部袭击的伤害。人生经历也就是从创伤的精神印痕中成长、愈合，并迎接美好的未来。

13 自省

自省是容纳自己一种气度，也是对自己的品质优劣的一种检审，更是对他人做出的友善的表达。

阴暗与卑劣、丑陋与恶意都可搅动内心的浑水，掀起风暴，而自省是遏制卑劣的精神武器，它能抨击自己的丑陋并唤起良知，守护内心的善。

批评自己、批判自己，让自己的阴暗暴露在阳光下，与自己的恶斗争，都是对自身行为的一种解放。

自省，让人觉悟，提升境界与修养。

14 无知

无知是获得真知的本源。虽然无知缺乏知识、内涵，不明事理，但就是无知，使自己的内心产生一种激励，让真知汇聚于心灵，以获得更大的发展空间。

无知在新的空间领地，有着好奇、兴趣，一旦被其吸引，将打开自己的视野并从中受益。爱因斯坦小时候很愚笨，被认为无多大出息。青少年时期，他几乎对空间、哲学、数学等理论一无所知。在苏黎世联邦理工大学读书时，他写的毕业论文也没有通过……就是看似没多大出息的他，在以后的科研中却创造出奇迹。德国数学家希尔伯特曾说过："为什么在我们这一代爱因斯坦说出了关于空间最卓识、最深刻的东西？因为一切关于空间和时间的哲学和数学，他都没有学过。"后来，爱因斯坦在谈论成就时说："人的一生应当占有两种素质，孜孜不倦的坚毅精神和随时准备推翻你花许多时间和心血得来的东西。"

无知是对自己内心的一次挑战。无知有自知，也有脆弱、愚笨。自知是能发现自己的各方面不足，从而令自己去取长补短。而脆弱、愚笨，却是因知识、经验等缺乏，使自己暴露出缺陷。"一战"时期，丘吉尔从海军大臣转任财政大臣，他几乎对财政一无所知。虽然之前他任过商务大臣、内务大臣，但对涉及财政领域方面的知识，在他那里都是一片空白。此时，"一战"引起的经济危机，正弥漫英国，需要他来重振英国。他知道政策的重要性，虽然，国内有人提出恢复金本位的制度，但他对此一点都不熟悉，唯有依靠他的智慧与权力，来决定这项工作是否展开。于是，他提出了就是否恢复金本位制度的问题展开一场大讨论，也由此在国内出现了支持与反对的两个派别。支持恢复金本位制度的有奥托·尼迈尔、约翰·布拉德布里财政大臣以及英格兰银行总裁诺曼等，反对的有财政大臣麦肯纳、经济学家凯恩斯等。凯恩斯直言不讳地说："金本位制度的恢复，会使英国处于危机中，经济状况会进一步加剧，同时也会引发更高的失业率。"他还在《国家》杂志开设《金本位制度恢复》专栏，公开发表反对的文章，如他撰写的《丘吉尔的经济结果》，除了批评丘吉尔，他还指出，金本位制度会加剧国内的动荡。反对的另一位财政大臣麦肯纳直言丘吉尔："这项措施将会给你带来巨大的灾难。"支持金本位制度的财政大臣、银行家却乐观认为是振兴英国经济的大好时机。英格兰银行总裁蒙诺古·诺曼宣称："想要打造值得信赖的银行，就一定需要金本位制度，以防止货币的蒸发并管理稳定的物价。"由于他与新首相鲍德温是好友，渐渐地支持金本位制度的人超过了反对的人，丘吉尔在两难境地中，不由得选择了金本位制度。一念之差，也使自己身陷困境。从1925年4月推出金本位制度以来，英国经济不但未能振兴，反而出现衰退、萧条。钢铁、纤维等产业的价格竞争力下降，造成了工人失业、罢工的现象频频发生，最后的结局，导致了金本位也归属华尔街旗下。丘吉尔虽然在后期采取了降低各类税金等措施来刺激英国的产业，但严重的经济萧条，使他无回天之力。在1929年，丘吉尔因自己的失误而辞去财政大臣一职。他曾对此事有过无数次的悔恨，甚至写道："我应该尽全力反对金本位制度的恢复。金本位制度将我们带向了毁灭，我们应该绞死蒙诺古·诺曼，我来当证人。"

无知没有绝对的境地，有人在他的专业领域是权威，但在另一领域却陷入困境。可怕的是傲慢、偏见、固执让无知成了自己心灵的障碍而得不到释放。以骄傲显示自己的优越，反而会暴露自己的缺陷；以谦卑显示自己的尊重，反而能显示自己的品格。

启示：1. 无知是获得有知的前提。在无知的状态中，会产生对陌生领域的兴趣与好奇，而探知为自己寻找到了广阔的空间。它有着可塑造的空间、可发展的空间、可创造的空间。2. 否定自己，才能创造自己的未来。3. 坚毅是一种伟大的力量，能克制自身的脆弱，变得坚强。4. 无知是自身的障碍，但判断力的失去比无知更加可怕，一旦失去真理的判断，它会把自己带向深渊。

15 放弃

　　放弃是丢掉原来的权利，以一种洞见回归到另一人生状态中而获得的自新。

　　放弃对坚守是一种反叛。因为它不再以原来的信念守护执着，让反叛背离了主张的思想。

　　放弃与坚守既是矛盾的对抗体，又是融合的统一体。放弃从对抗中获得自身的改变，在相容中获得自身的突破。

　　放弃是不让心灵有太多的负担，使自己轻装而行。

16 畏惧

　　畏惧是恐惧与害怕的一种心理反应。

　　畏惧是锻造信心与勇气之神。

　　有所畏惧，是思考做出的对事物的一种臣服。无所畏惧，是一种坦然，也是对事物一种挑战。

　　畏惧，既败于失败，也胜于失败。前者以挫折消沉意志，后者以挫折提升意志。

17 觉察

觉察是观照自身行为优劣的一面镜子。它接纳不完美的自己，使心灵趋向理性，趋向内在的求真。在放弃中重启德行之光，在改变中升华自己，找到良知。

觉察从品行、兴趣、仁爱、节制、诚信、谦虚中了解，以达成道德文明。带着功利的觉察，内心不会宁静；带着想法的觉察，内心不会宁静。带着感情的觉察，内心不会宁静；觉察应超越自己，在世俗中有一片心灵之地来修养自己的情绪并达成身心的健康。

18 情绪

情绪是心灵反映在自身生态的感情物质。

情绪不论是外生，还是内生，都是神经元传导的心情反应。

心智与思想是情绪的主宰者。脱离了心智与思想，情绪如一匹脱缰的劣马会坠下悬崖。

情绪的正负面表现了自然的特征。它不以道德为衡量的标尺，但它又是道德蕴含的一种能量。如果情绪趋向于正面，它会带向美好；如果情绪趋向于负面，它会带向痛苦。冲突、纠结、矛盾是情绪中的负面因子，而和谐、宁静、平安却是情绪中的正面因子，人生就在正负的情绪中丰富了意义。

远离妄想与虚幻，就会接近平凡与真实；远离贪婪与欲念，就会接近恬淡与自由。

感情的分裂，是自己驾驭不了感情，而使感情受伤。不仅自私、嫉妒、怨恨分裂自己的感情，而且贪婪、欲望也分裂自身的纯洁。如果一味沉沦于负面的感情，对身心将造成伤害。

试图阻止不好情绪的浸入，不如让它浸入内心与好的情绪因子相处。好的情绪是修复负面情绪因子的心灵工程师。

违背理性、真理、道德，都会使自己陷入人生的困境，唯有遵循德行、良知，才能使自己充满人性的光辉并趋向快乐。

19 容纳

容纳自我，才会发现自己的优劣；容纳对方，才会发现对方的优劣。容纳既是尊重自己的一种品质，也是尊重对方的一种品质。它获得的是对方的一种敬意。

一个不能容纳自我与容纳他人的人，既没有尊重自己，也没有尊重他人，最后，把自己禁锢在情绪的牢狱。

容纳自己的不完美，也是容纳自大、自私、自负、恐惧、报怨、愧疚等因子存在，然后去认识它、感受它、宽恕它，直到不能危害到自身，你才能摆脱这些负面的因子对自己的影响。逃避与抗拒，都不能促使自身解脱困境，反而加剧了对立。

20 讹诈

讹诈是阴谋的化身,它以卑劣手段获得对方的利益。

乘虚而入是讹诈的方式。一旦出现了卑劣的念头,会以欺骗、伪装、要挟或威胁的手段,获得不法利益,包括物质、金钱、亲情、政治的利益,而且不择手段。但真相始终在正义的一边,让讹诈现身。

讹诈会绑架道德、法律达到侵占财产、获得政治利益的目的。如美国通过《美国敌对国家制裁法案》,逼迫一些国家就范,依靠"长臂管辖"搞垮对美国产生威胁的跨国企业,美国动用国家权力以所谓"国家安全"名义对华为等中国科技公司实施科技封锁。《美国陷阱》一书载:"十几年来,美国在反腐败的伪装下,成功地瓦解了欧洲的许多大型跨国公司……美国司法部追诉这些跨国公司的高管,甚至会把他们送进监狱,强迫他们认罪,从而迫使他们的公司向美国支付巨额罚款……"

讹诈在各领域、各行业都会发生。贸易战是讹诈的一种方式。如美国挑起的对华贸易战,暴露出讹诈的阴险目的,美国绕开WTO争端解决机制、根据国内法挑起经贸摩擦,以所谓美国经济吃亏了,甚至说中国掠夺了美国,以此为借口加征中国商品和服务的关税。美国经济学者吉莱斯皮写道,特朗普如今发起的贸易战,让他想起1930年美国国会做出的关税保护法案。不过历史教训表明,高关税不仅没能为美国工人增加国内就业机会,反而极大加快了"大萧条"进程。

讹诈是社会的流毒,是政治阴谋的流毒,也是自私基因的变异。

一个政客、组织、个人如果感染了讹诈的流毒，那么他就会以讹诈的方式图谋利益，而政客会以"英明的政治手腕"来掩盖自己的失败与无能。当自己能力达不到治理、管理要求，或者自己的怠慢、轻视、傲慢白白耽误了某一机会，让社会、民众遭受了灾难时，他就会以讹诈对方的方式转移民众的注意力，甩锅对方，洗脱自己的政治无能。

讹诈可以化身阴谋寻找一条"堂皇理由"攻陷对方的神经、网络、身体以达到自己的目的。在讹诈中，如果某项制度、管理等出现漏洞或危机，讹诈便会以要挟或威胁的方式得到利益，而制度、管理完备，处事工作严谨，为人正直……讹诈将不会得逞。

讹诈是藏在骨子里的病毒。它如病毒一样，凶残并颠覆善良。当讹诈披上政治组织的外衣，它就会掩盖自己的政治阴谋，转移民众的视线，通过诋毁与欺骗得到民众的信任获取政治的利益，还会以各种方式打压对方并从中得到好处，如任其肆虐，伤害的是整个社会的利益。

事实与真相是对讹诈的一种抨击。对于某些组织、媒介的讹诈，以事实真相抨击讹诈是对真诚的告白。

人生最大的不幸是被讹诈颠覆善良，让讹诈成为实现各自利益的武器。仁慈与善良对讹诈没有束缚力，但仁慈与善良容易被讹诈。束缚讹诈的只有良好制度、法治、文明以及科学和良知。

21 炫耀

自以为是的一种光环，也是一种虚荣式的尊名，它以夸耀、显摆、华丽、迷惑等显示自己的权力、地位、名声。

炫耀的内心充实着自高、自大、自傲、任性等劣性的因子，它把内在的高贵品质吞噬在炫耀中，凌驾于权力之上，谦逊反而成了它的笑柄。

每一次的炫耀，都是对自身德行和对他人德行的伤害。

克制炫耀，需要在心灵建立谦卑的生态系统，需要一个良好的社会道德环境来改变炫耀的劣性。

22 奢侈

过度挥霍财富而享有的一种奢靡生活。

奢华是奢侈的虚荣，奢靡是奢侈的享受。

放纵自己的欲望是一种奢侈，节制自己的欲望是一种简朴。

在奢侈的环境中，奢侈既是精神的，又是物质的。在一个特定的时期，奢侈是可遇不可求的物象，是心灵里尊贵，是语境中述说的故事。如久违的阳光、雨露、森林，还有遇见珍贵图书和相遇的一段爱情等都是奢侈的精神物象，都使心灵保持着一种对奢侈的虔诚，并享受这些奢侈精神物象给自己带来的快乐。

23 造假

逼近真品的仿制伪劣品，也是为卑贱造出的一座"丰碑"。

造假用卑劣仿造真品，并以隐蔽掠夺的方式获取对方的财富。

抄袭、假冒、篡改……都为造假提供了伪证，最终，难逃法网。

一个人的造假,是自身行为品质恶劣;而一个利益组织集团的造假,是利益组织集团品质恶劣。

造假是社会中的害群之马,它浸入品牌、学术、学历、统计、食品、金融证券、新闻信息、科研等各领域。而利益诱惑驱使造假屡见不鲜。如日本京都大学助教山水康平论文造假、日本理化学研究所研究员小保方晴子细胞论文造假、美国爱荷华大学生物医学教授韩东杓学术造假、美国加州大学洛杉矶分校研究生迈克尔·拉科论文数据造假等都是在利益诱惑下发生的恶劣行径。

造假是社会的毒瘤,剔除造假需要制度和法治的制约与良好的社会环境。

24 偏执

偏激与固执造就的性格。

偏执以利益、经验、文化等为价值取向,以符合自己的利益倾向。优劣、善恶、美丑促使偏执在自身的心态中形成观念使自己趋向"有利"的一面,它以主观、主义、道德、知识、行为、智慧等为目标,使人臣服于所谓的理性,在这一偏激执念中获得价值取向。一旦按照这一路径前行,所有的庞杂的思想都要为它让出一条路来,为所谓的真知服务。

叔本华自负又自恋,自傲又自闭,在柏林大学任教时,与黑格尔有过分庭抗礼,虽然,他写出了《作为意志和表象的世界》一书,但没有几个人读与买,学生都转向了听黑格尔的课,而叔本华的课就只有几个学生,以致他与黑格尔势不两立。他在学校冷清了多年,没有人理解他,更理解不了他的学术,直到黑格尔因染霍乱身亡,他才脱颖而出。但他又是孤寂、落寞、暴躁、狂想、偏执,他没有亲朋好友,只有哲学让他生活得有意义。

偏执是自己的敌人,也是自己的朋友。相争能找出自身及他人的劣性,相处能找出自己与他人的共性并促使向着善的方向发展。对立、矛盾、相容、相合都为偏执提供了正确的方程式。

25 蒙蔽

被伪善欺骗了自己的心灵,而自己的良知与正义也被伪善牵制、蛊惑、利用,成为伪善的棋子。网络、新闻、自媒体造假,食药品造假,医药企业造假,会计造假,上市公司造假,学术造假等都会蒙蔽人心,让社会与人受到伤害。

蒙蔽一个人、蒙蔽一群人、蒙蔽一个社会,不论是受蒙蔽,还是蒙蔽他人,都是失去了良知、蒙蔽了良知。

拯救蒙蔽,应拯救自己的良知,还有进行科学文化的启蒙、发现与思维,否则,蒙蔽还会祸害自心。

26 强大

外在的强大,如铸铁的表面镀了一层银灰色的漆,外强内弱;内在的强大,如火炼的金子闪闪发光。

强大是心灵的强大,意志、勇气、责任……都能使强大显示一种光芒。

野蛮、掠夺、蛮力……不是强大，但它给强大带来了负面的影响，最后在强大中吞噬自己。

冷兵器时代，古代王朝大多靠几种实力来打造自己的地位。一是凭着在诸侯联盟中的软实力而建立的大国，如周朝通过《周礼》确立的礼乐制度和宗法体系。二是借着其自身的技术优势以及对诸侯的影响力而建立的大国。诸如农业生产的先进性、青铜、冶铁、造船等技术而吸引各诸侯、部落学习，并发展出农业文明中心。如春秋战国时期，爆发各类大小战役两千多场，最著名的是战国七雄，其中秦国就是凭着自身实力与影响力脱颖而出。三是以建立一个良好经济制度而崛起的大国，如汉朝完善土地政策，把土地分发给臣民，并实施减税等，使经济很快崛起。四是单纯依靠强大武力建立的大国。如成吉思汗借着强悍的军队统一了各部落，并建立起蒙古帝国。但是，它们在演绎一段辉煌后，又退出历史舞台，其衰落有以下原因：

一、君权至上的思想影响着大国的决策。春秋时期，齐桓公在管仲辅佐下，励精图治。他不满足现有的地位，还想当诸侯的霸主，于是就想兴师伐鲁。管仲认为时机不成熟，便劝谏"应内修于政治，外结与国，再待机而动"。齐桓公盛气凌人，不听管仲的劝告，就出兵了。由于躁动、轻敌，齐军在长勺之战中被鲁军打得溃不成军。这次教训，使齐桓公不敢再贸然行事。之后，他开始倾听管仲的谏言并授权管仲治理齐国。在管仲治理下，齐国得到了振兴。特别是在"葵丘会盟"上，齐桓公表现出他的谦让与礼仪。虽然他的威望超过了刚继位的周王，但他对周王仍表示出尊重，赢得了诸侯的赞誉，树立起威望。趁此机会，齐桓公与各诸侯国订立了新盟约，史称"葵丘会盟"。管仲病死后，齐桓公身边少了有才能的人，齐国开始奸臣当政，慢慢衰落下去。

二、政治内讧，权力斗争激烈导致的陨落。春秋战国既是霸主争雄的时代,也是思想家争鸣的时代。如春秋出现的五霸,战国出现的七雄,都在刀光剑影中脱颖而出。春秋有100多个诸侯国,先后出现了齐、楚、晋、秦、宋5个霸主,史称"五霸"。齐国是称霸中原的第一代霸主,被孟子赞誉"五霸桓公为盛"。齐桓公在位时,由于有管仲辅佐,在外交、政治、军事、经济等领域都取得了成就,如在经济上发展盐业、渔业及境外贸易,实施"相地而衰征"的土地政策,提高了人民的生产积极性;在政治上,把国政分为3个部门,并设立21个乡,使行政区划和统治机构更加优化合理;在外交上,齐国与楚结盟并"九合诸侯",开创了大国外交的新风范。但是,后来齐桓公在任用人才、王权交接及培养接班人上,出现了重大失误,如齐桓公在任用人才上,偏离了公正、忠诚、廉洁的尺度,任用奸臣易牙、开方,排挤忠臣,使齐国腐败滋生。他的5个儿子抢夺王位,造成齐国内乱的局面,殃及齐国及百姓的安全,最后的结局是霸主异位,齐国也由此衰落。

三、奢靡、腐败之风盛行。晚明时期,浮靡奢侈成风,明万历皇帝的婚礼堪称靡费之最。如他的婚礼费用开出的各色金达3869两,各种珍珠8500颗,珊瑚珍珠24万颗,青红宝石8700颗。奢侈之风也演变为整个社会群体的行为,以致官员腐败堕落,加剧了政治、经济、社会等的矛盾。

四、苛政带来的权力毁灭。秦王朝建立后,用官僚制取代贵族世袭制,李斯也由此进入秦始皇的政治圈子。李斯借着秦始皇给予他的权力,推行法家理念。秦朝在李斯治理下统一了政令、文字、货币、度量衡、车轨等,开创了中央集权局面。但秦朝权力传到秦二世时,又因苛政、严酷罚刑、劳役、不计代价的战争以及缺乏政治治理经验而导致秦帝国灭亡。

五、内乱引起的政权颠覆。唐朝李世民执政后,他在政治体制上完善中央政府三省六部制,制定《贞观律》及尚书省六部章程,使各部有法可依，中书省、门下省、尚书省互相牵制。推行均田制、府兵制。兼听纳谏，李世明曾对臣下说："以铜为鉴，可正衣冠；以古为鉴，可知兴替；以人为鉴，可明得失。"由于政治清明、开放，开创了贞观之治。据史载，唐政治中心长安城池面积曾达84平方公里，开展贸易文化交流的国家达70多个，长安成了东西文化交融中心。到了唐玄宗天宝时期，爆发了安史之乱，唐朝从此由盛转衰，陷入了宦官专权、藩镇割据的局面，最后在黄巢发动的农民起义中，惨遭打击，名存实亡。

六、通货膨胀造成大国经济的削弱、崩溃。如战争、灾情、制造劣币引起的通货膨胀。元朝前期，因发动掠夺战争，帝国很快富有起来。随着战争的频繁，元帝国财政开支浩大，为此滥发纸币，导致通货膨胀，使物价上涨了10多倍，发行的纸币成了废纸，再加上各地灾情以及官僚贵族挥霍无度，很快加速了元帝国经济的崩溃。

27 名利

没有人不追求名利，如果名利大于你的精神追求，那么名利终是人生的负担。

精神富有比名利更加显贵，它超越了名利物质使人恬淡、快乐，它是物质财富的根，美德与幸福就从它那里创造。

名利归于现实的物质，是一种生活方式，现实使名利在生活中更趋向于物质的享有。拥有名利却无名利的荣耀，这是一种情怀。因为精神生活丰富，使人具有仁慈向善的心灵，会视名利是身外的东西，把它看得很淡，让自己的财富更有社会责任价值。而对物质看得很重的人，名利对他来说，就是地位、骄傲、高贵，他们的物欲超出了精神的追求，往往会让自己有一种失落感。

在名利中腐败，是一种愚蠢；在名利中取舍，是一种自由。

28 契约

契约是双方对等的一种信用，是美善的一份精神协议。

精神契约比物质契约高贵，道德契约比物质契约高贵。

责任与义务都是契约的精神法则，并为各自利益争取对等的权利。

黑暗的社会，契约会失效于腐败；文明的社会，契约会构建出公平。

29 高贵

高贵是气质与修养融合的一种品格。

美德是高贵的基石，失去美德，建立不了高贵。

30 气度

气度是心灵的纬度与韧力，是一种胸怀，是心灵生发出的气魄与度量。

气度具有宽阔、容纳、包容、谦逊等良好的品质，并以推己及人来达成心灵的和谐。贝聿铭是现代建筑大师，他参与过约翰·肯尼迪图书馆、新卢浮宫、苏州博物馆新馆等建筑的设计，他为每一座建筑构造出人文艺术之美，也为自己的人生交出了满意答卷。新卢浮宫是他的设计艺术完美之作，既蕴含了他的激情与创新，也蕴含了他的自信与坚守。新卢浮宫从设计到完成，虽然当中遇到了阻力，但他没有因巨大的阻力而放弃，而是以从容与淡定为自己赢得了支持。他在受邀参加法国巴黎卢浮宫的增建设计时，他就打破了卢浮宫旧的参观模式，用新的设计方案找到了灵魂的艺术（设计方案是在拿破仑广场建一个金字塔入口，再从地下通向卢浮宫）。他相信自己的设计能打动评委。果然，在评选中，邀请的15位评委中有13位选中了他的设计方案，但是，法国社会对他的方案发出强烈的质疑和反对，最后是法国总统密特朗力排众议支持了他的设计方案。面对民众的质疑，他没有沮丧、回避，仍然保持着淡定、微笑、平和，他设计建造了卢浮宫1:1的模型，摆在了卢浮宫门前，还发出了邀请书，让人们参观投票。当民众看到这一实物模型时，才发现了卢浮宫真正的伟大建造意义，由原来的反对，转向了赞成。当卢浮宫以新的容颜展现在人们的面前，欣赏与赞叹已成了对新卢浮宫最佳奖赏。贝聿铭也站在他设计的新卢浮宫面前，笑得很灿烂。一位记者对他说："你的脸亮得像金字塔。"贝聿铭笑着答道："我等这一刻等了很久。"

启示：气度决定情怀，决定精神，决定成功。气度包含了心灵的宽阔、心灵的气魄、心灵的品质、心灵的智慧，它是实现人生价值的精神武器。

31 快乐

快乐是发自心灵的喜悦。心理学家马修·杰波认为，快乐纯粹是内发的，它的产生不是由于事物，而是由于不受环境拘束的个人举动所产生的观念、思想与态度。

快乐是一种感觉与享受，生命因快乐而美好。

迷失快乐的是欲望与贪婪，让扩张的权力侵占了快乐；迷失快乐的是沉郁与苦闷，让负面的情绪侵占了快乐。

自由使快乐赋予天性的乐趣，幸福使快乐更加满足。

不知满足，也就没有快乐；不晓释放，也就没有快乐。在快乐中，没有背负的重任，只有轻缓步伐与诗意美景。

快乐不因自身的缺陷而失去快乐，快乐不因深重的苦难而失去快乐。

快乐是自信与乐观表达出的境界。

快乐是治愈忧伤、痛苦的一味良药。

忧虑与快乐是兄弟，但快乐比忧虑更有亲和力并促进身心的健康。

32 知心

从对方真诚的心灵中知晓自己的热度，从自己朴素的心灵中知晓对方的热度。

了解他人比了解自己多些，是希望从他那里获得有用的价值。了解自己比了解他人多些，是希望认识真正的自己，让对方看到自己的价值而获得经验教训。

不了解自己的人，也就没有真正认识自己，也使他人无法确认自己的品行。

虚伪是知心的大敌，真诚是知心的朋友。

爱能提高知心的纯度并保持美好。

33 朴素

朴素是人文思想的原生态，蕴含了平淡、简朴、达观、从容、淡泊。

朴素以恬静、平和、简约、淡雅显示其风尚，以善良、真诚、仁爱、俭朴显示其品质。季羡林一生质朴，从他穿戴的中山装、布鞋、毡帽中可看出大师的朴素。他不论是学术讲坛，还是交流，都以着装朴素显示他的精神风范。而朴素，也沉淀出他的严谨治学的精神，也造就了学术的高峰。

朴素是内心的美善。北魏裴侠身居高位，却不奢侈，他的生活粗茶淡饭，衣着俭朴。后世评价他："肥鲜不食，丁庸不取，裴公贞惠，为世规矩。"李沆做宋朝宰相时，他在封丘门内建的住宅厅堂非常狭窄，同事要他扩大些，以显示气派。但他回绝了，并说，住宅适用就行，留了下一代也能用。宋朝官员张知白一生以俭朴显清廉，他认为："由俭入奢易，由奢入俭难。"说明俭奢不同的心态带来的影响。

朴素是一种风尚。曾国藩把勤俭渗至家风中并制定出"家俭则兴，人勤则健，能勤能俭，永不贫贱"16字家训。左宗棠讲究节俭、朴素。他在任陕甘总督时，兰州地方官员在五泉山为他建造了一所祠堂。左宗棠到任后，却下令废除了祠堂名称，改为平民祭祀的庙堂并处分了修建祠堂的官员。由于他以身作则，地方也形成了朴素、节俭之风。

朴素是工作、生活、事业中构建的一种精神。复旦大学教授钟扬是一名援藏干部，尽管西藏高原自然环境恶劣，但他以艰苦朴素的作风及学识、学风树立了人生丰碑。他创造了三个奇迹，第一个奇迹是克服西藏高原恶劣的自然环境，艰苦跋涉，完成了人生的一次历练。第二个奇迹是他带领的学生搜集4000多种植物种子，建立起中国西藏植物基因库，带出了西藏第一个生物学教育部创新团队，培养了藏族第一个植物学博士。第三个奇迹是以朴素的情怀构建了精神的富有。来到西藏，他不计名利得失，以朴素的情怀扎根在西藏的植物世界。在他使用的生活物件中，有牛仔裤、格子衬衫、军用背包等，穿的牛仔裤是在西藏购买的，仅29元，而且有多条，有的打着补丁并穿了10多年，每次从野外采集种子归来，他的牛仔裤与格子衬衫溅满了泥浆。他的军用背包已用了10多年，在西藏高原采集植物种子时，他常常带在身边，里面装着面包、榨菜、矿泉水，这是他一天的食粮。就是在荒凉、空气稀薄、偏远的环境中，他与学生跋山涉水找到了许多珍贵的植物种子，如红景天、藏波罗花、垫状点地梅、西藏沙棘……他生前对学生说："不能因为一颗种子长得不好看，就说它没有用是吧。"以此树立学生对植物的热爱，对人生的热爱。

朴素是建立内心强大的基石，拥有它，人生的困境都能克服并让自己丰实、丰厚。

34 领导

　　领导由"领"与"导"本义引申而来。"领"在古文中原指衣之领，即衣之首端，后引申为首领、率领。"导"的本义原是疏通，后引申为教训启发。当结合到一起就有了"领导"的词语，其意是表率、引导、训诲。列宁说："领导者与其说应当具有行政才能，不如说应当具有吸引人才的广泛经验和能力。"

　　领导的凝聚力、感召力、号召力来自潜质与品格。忠诚与叛离、谦逊与自大、廉洁与贪婪、遵从与反对、决策与失误、机遇与等待、宽容与苛刻、务实与虚妄、尊重与轻蔑、勤奋与懒惰、自律与放纵、赞扬与批评、细心与粗鲁、倾听与排斥、大方与自私、灵活与呆板、学习与浮躁、坚韧与怯弱、激情与淡定、合作与分歧、人际与沟通都表现了领导的处世风格、素养与精神。

　　领导既是一种身份、地位，也是一种权力。能领导者，必会影响他人，并以良好品质锻造自己淬炼他人达成价值。不能领导者，就以跟随、参与、支持、配合提升自己达成另一人生价值。倾听、说服、执行、监督、授权、奖罚是领导权力运用的方式，但更多的是以品格魅力征服、吸引人。如信念、意志、勇敢、坚韧、开拓、果断、乐观、豁达、责任、自信、热忱、学习、远见、自律、忠诚、诚信、宽容、尊重等都是领导的良好品格，孔子曾说，"将能而君不御者胜"，意思是将军有指挥的才能，而国君不加干预将军的行动，并保证将军才能充分发挥，就能取得胜利。

　　领导以良好的品格建立人生价值。领导在艰难中修炼自己、在自省中完善自己、在勤奋努力中锻造自己、在挑战中造就自己、在行动中成就自己。当领导的品格汇聚成强大能量，就会凝聚人心，让人产生自然向上的力量，并自愿愉快地服从于价值目标，达成人生价值的意义。

受敬仰的领导必是有着杰出的贡献及能力，其精神能得到广泛的传播与弘扬。一个不受尊敬的领导，也是一个无能的领导、失败的领导。身为领导者不能失去三件东西，即个性、品质、智慧。

领导的艺术是让人服从献身于所从事的事业，并借助各方的智慧力量创造人民的自由与幸福。领导不需要全能，但领导的人必须是优秀的人才并能发挥各自的价值作用。授权、管理是领导的责任，人才是领导的智慧，修养是领导的品格，决策是领导的韬略，政策是领导的原则，驾驭是领导的能力，大数据是领导的外脑，权威是领导的气质，激励是领导的方法，果断是领导的行为，合作是领导的远见，人际是领导的风格，正直是领导的良知，爱是领导的灵魂，意志是领导的精神，坚持是领导的力量。如果领导从这些良好因子中发挥建设性的作用，那么就会超越自身而获得伟大的价值。

35 希望

希望是点亮自己的星光。希望比金钱尊贵。

希望是幸运之神，并使人获得勇气与力量，走向坦途。

放弃、堕落、沉沦……是对希望的伤害，自信、坚强、持之以恒……是对希望的敬仰。

生命的源泉来自希望，创造财富的源泉来自希望。伏尔泰谈论希望时说："人类最宝贵的财富就是希望。"

36 勇气

勇气是一种德行的力量。勇气是从信念与逆境中滋生出的气魄，也是维护自尊的力量。

勇气是人生的本色，是内在力量与意志，是生命力量的源泉，是精神气度。许慎《说文解字》记载："勇，气也。"道出了勇之精神。凛然正气、扶危济困、扶正祛邪、见义勇为都表现了勇的精神。

勇气以维护自尊显示力量，以精神、素质及人格尊严表现正义。古人有许多的名言，都表现了勇气的正义精神，如"视死若生者，烈士之勇也"（庄子）是将士的气概。"仁者必有勇"是仁者的素质。"勇夫安识义，智者必怀仁"（李世民）是智勇者的品质。"知者不惑，仁者不忧，勇者不惧"（孔子）是修养的力量。"诚既勇兮又以武，终刚强兮不可凌"（屈原）是刚勇的精神。"不倾于权，不顾于利"（荀子）是君子之勇。罗素认为，勇气是和恐惧、暴怒对立的情感，真正的勇敢既反映在行为上，也反映在感觉上。勇敢品质的养成主要依赖两方面因素：一是健康的心态、活跋的情绪以及应对突发事件的经验和技术；二是个人自尊心和非个人的人生观的结合。

勇气包含了正直、自尊、自信、坚强、豁达、胆略、沉着、果断、担责等可贵的品质。它可面对困难、挑战挫折，即使前面有绊脚石，也会去克服它并通向成功。亚里士多德说道："勇气是为了德行而敢于付出代价、做出牺牲的品性。"

勇气不畏强权，以维护尊严达成真理之勇；勇气不畏艰险，以顽强体现浩气之勇；勇气不畏强暴，以锄强扶弱表达正义之勇；勇气不畏惧，以从容体现精神之勇。历史上的蔺相如、祖逖、魏征、范仲淹、文天祥、岳飞之所以被人崇仰，是因为他们都有一种正义、胆略、气度与精神。如蔺相如持璧使秦，完璧归赵具有智勇精神；祖逖中流击楫，立誓报国具有大无畏的英雄气概；魏征冒死进谏，具有大义凛然的精神。

　　自称勇而没有勇，有勇而无义是缺德，有勇而无谋是蛮干。孔子对勇有独特的见解，他说："见义不为，无勇也。"即遇到正义的事情却怯弱无能，这是无勇的表现。之后，他又回答了学生子路提出的"君子尚勇乎？"命题，他说："君子认为义是最可尊崇的，君子只有勇，没有义，就会作乱造反；小人只有勇，没有义，就会做土匪强盗。"显然，正义之勇是君子的必要素质，勇的最大价值是彰显正义，而不是让邪恶充当这一力量，让勇失去盾。

　　勇气与知识，前者天生具有，后者后天培养。勇气是知识的力量，知识是勇气的智慧。

　　勇气需要培植和坚守。在困难中不放弃追求目标，相信自己能克服恐惧、害怕、忧虑的心理，让希望、信心、意志充盈于心，坚守于心并超越自己。

　　勇气在一个现代文明的社会是内在的精神气质，当普通人都能表现出捍卫正义的勇气时，就表达出一个时代的精神。如献身边防、勇救悬崖群众的藏族警官旦增阿旺，勇斗歹徒、保护学生的中学教师王月川，勇斗恶盗、义护群众的安全管理员郭文斌，抗洪抢险消防战士陈华军，抗疫巾帼英雄叶黎文、夏莹、刘宇航等都彰显了勇的时代精神并体现了人生价值。

37 激励

激励是发自心灵的赞赏,积极、进取、欣赏、赞美都能激发出能量成就事业。威廉·詹姆斯论道:"人类本性中最深刻的渴求就是赞美。"莱特兄弟的成就来自父亲的赞美,当他们心怀梦想要造一只能在天空中飞翔的神鸟时,父亲没有责备,而是以赞美激励他们创造的热情,最终他们通过努力发明了世界上第一驾飞机。

激励如接受阳光辐射、雨露滋养,使内心更加富有;激励如获得鲜花,使人充满美好。激励可让积极变为推力,赞美变为动力,进取变为行动,使斗志布满事业征程中。张海迪、文花枝、海伦·凯勒都以激励成就了自己的人生。海伦·凯勒从小失去了听力、语言能力,然而她把这一困境转化为积极的力量,通过不断努力学习,使自己获得了发展机会,终把自己打造成为作家、教育家。

激励自己是内心的一种向上力量,激励对方也是内心的一种向上力量。前者以自己激励自己,后者以自己力量激励对方,目的是让自己内心向上的力量辐射对方,燃起斗志。

激励是勇气的再生,是意志的淬炼。失去激励,人生会有一种消沉,会有一种灰暗,会有一种落寞。人可以失去名利,但不能失去激励对人生幸福的构建。

38 自由

自由是自我灵魂的一种解放。纪伯伦认为，人即使不伟大也可享有自由，但一个人如果不享有自由，绝不可能变得伟大。

自由是一种生活方式，以达到身体心灵和谐与快乐。

不受束缚的自由会毁了自由。

道德捍卫自由并使自由合乎人性向善。

限制他人的自由也就限制了自己的自由，创造他人的自由也就创造了自己的自由。

自由是解放了的艺术，为艺术带来无尽想象的空间与创作理念。

39 征服

征服是一个很雄浑的词语，蕴含了胜利、伟绩、崇仰。征服自己的劣性是人格的胜利，征服人生的困境是精神的胜利，征服自然的困境是意志的胜利。

征服自己比征服他人更难。因为它背后藏着一个难以发现的理性自我，往往被自己的感情与任性折服。

内心的强大，其实是意志的强大，没有谁能打败。但有时在不经意的时候，却被脆弱所征服。因为在强大到一个极点时候，脆弱就会悄然入侵，让自己不堪一击。

征服不应任性扩张，因为一旦扩张，征服将淹没自己。自然不应是人征服对象，而应是和谐共生体，在江河、湖泊、草原、森林、田园中，人类每一处环境，都来自自然。带着征服的权势对待自然，带着掠夺的权势对待自然，征服将被自然淹没。

40 精神

精神是生命的存在体。

精神的高贵在于思考美好的事物与构建人性的善良。

思想是精神的物质，能抵达世界任何地方，创造属于自己的文化领地。

精神与心灵、身体相容，但身体容易违背精神的主旨，用欲望主宰自己。

精神需要高贵与良知来捍卫，如责任、忠诚、爱、敬业、勤勉……都是高贵的因子并构建精神的素养。

失去财富并不可怕，可怕的是失去精神。当一切向善精神，包括自强精神、创新精神、人文精神、科学精神、奉献精神……失去了，那么恢复或重建它会更难。

精神从信念、意志、勇气、道德中来，它蕴于内，显于外，体现自身的价值。

向内求，是灵魂的回归；向外求，是精神的回归。

传承与弘扬是精神的要义，它回归自身的德行而达到最大的价值。

41 责任

责任是人生的重任。爱默生论道:"责任具有至高无上的价值,它是一种伟大的品格,在所有价值中它处于最高位置。"

责任也是心态、态度、原则、作风、风格、习惯、思想,它赋予了一种伟大的胸襟,赋予了一种有价值的人生观和世界观。

责任与爱、意志、坚强、勇气、忠诚、敬业、勤奋、正直连在一起,具有一种使命,一旦奉献给了事业,就有了崇高。一个具有责任感的人,不会因职位的高低而自卑,不会因岗位的优劣而嫌弃自己的事业,不会因贵贱而心怀报怨,不会因权势而屈服,它的热度是以生命的激情去创造意义。

轻易地放弃责任,也就放弃了人生的使命。它怠慢了自己热情与理想,怠慢了自己的作为与认真,在惰性中沉沦。

坚守是责任中毅力,担当是责任中勇气。前者以灵魂表现一种坚毅,后者以道德表现一种精神。

责任与自由相连。离开了责任,自由如同虚设。自由的基石是责任,有责任才能打造出自由。有道是"责任是唯独存在于上帝和邻舍的约束中的人的自由"。

责任越重,担当越大,承载力越强,而显示的价值精神越有意义。

生命的责任需要用信念来坚守和担当。而失去坚守和担当那是脆弱,生命会被狂风与暴雨吞噬。维克多·费兰克认为:"每个人都被生命询问,而他只有用自己的生命才能回答此问题,只有以'负责'来答复生命。因此,'能够负责'是人类存在最重要的本质。"

42 教育

教育是培养人格精神的场所。热爱、专注、追求、信念、自信、正直……都是教育中的因子，它培养与创造伟大的人格。

人文的教育是灵魂，思智的教育是精神，美育的教育是心灵。

熏陶于教育是修养，致力于教育是高尚，传承于教育是文明。

教育是终身学习，从教育中能获得创新、自由、快乐。

教育承载思想、知识、真理传播的重任并塑造灵魂的高贵。

教育的经历，是人生的经历，让人获得成长与发展。

渴望教育是心灵的信念与高贵，如孔子、孟子、墨子、王充、韩愈、杜甫、范仲淹、王阳明、顾炎武、费孝通、鲁迅、老舍、冰心、季羡林等都从渴望的教育中构建出高贵。

自我教育是一种修养，从自我教育中认识自己的高尚与卑贱，从自我教育中提升自己的文化素质。

失去教育，一种是心灵的贫穷而不去学习，一种是物质的贫穷而失去学习的机会。失去教育，也就失衡了的文化公平的天平，失衡了社会公平的天平。

教育胜过一切的功利。它是精神财富并与自己灵魂同行，与真理同行。

43 感恩

投桃报李的馈赠,也是得到他人恩惠所做出的回报。

感恩是精神中的一种美德并提升了素质。感恩以善传递美好,以悦纳自己与对方为荣。馈赠与感恩、尊敬与谦和、关爱与支持、成长与幸福、敬畏与崇仰、责任与敬业都以美善传递人生的价值意义。在历史长河中留存下来的那些格言,如"滴水之恩,涌泉相报""与人善言,暖于布帛"都阐释了感恩的人生最大价值。感恩对方,是因曾经遇到困境而获对方帮助,心存感激。被对方感恩,是因帮助过对方而获得的一种尊重,使心存欣慰。

感恩稀释怨恨、痛苦,让内心升起博爱的情怀。通过感恩使人对失意报以热情,对放下心怀感激,对报怨赋予包容。凡经历过报怨、嫉妒、自私、憎恨等不良的情绪的人,都以真诚的情怀表达心灵的善。甚至是对手,都以感激来激发自己的斗志。因为人可以从对手的优点中看到自己的缺点,促使自己不断改正缺点,超越自己,并获得成长、进步。

感恩是一种信念光芒。感谢困难,使人有了勇气;感谢贫困,使人有了奋斗;感谢生命,使人有了激情;感谢挫折,使人有了意志;感谢工作,使人有了敬业;感谢学习,使人有了勤奋;感谢生活,使人有了快乐;感谢忠言,使人有了廉洁;感谢是照耀人生中的光芒。

感恩可以使寒冷燃起温暖,使孤独燃起热烈,使懊丧燃起希望,使困惑燃起明智。有学者说道:"当我们怀着一颗感恩的心的时候,即使在最失意、最穷困的状态下,我们也能看到自己所拥有的东西。

这种认识能够帮助我们增强奔向美好未来的力量,能够为我们照亮生命中每一个灰暗的角落。"

44 命运

生命历程变化安排,也是人生际遇的一种规则。

命运被自己主宰,是因为把自己当作主神来主宰自己的命运。命运被他人主宰,即使自己有主神,也会被外神牵引着自己,最后,失去了自己主宰自己的权利。

命运与人生、家国连在一起,也就有了共命运的共同体并打造自己的精神价值。

经受一种磨难,命运将留下坎坷;经历一段坦途,命运将留下辉煌。命运就从转机变化中显示价值意义。

最痛苦的时候也会孕育出快乐,最快乐的时候也会有痛苦发生。命运使每个人尝到人生的滋味。它既成就自己,也败于自己。

45 挫折

挫折是坚韧与意志的再生,也是成就自己的力量。普希金有一句名言:"在那些曾经遭遇挫折的地方,最能长出思想。"因为挫折使人获得美好,因为思想使人获得了创造。

挫折是人生最苦难的历练,从遭遇的厄运中成就了自己的伟大。

屈辱在挫折中是内心的痛,但它孕育坚强与力量并抵御脆弱,直到荣耀出现时，才发现屈辱对自己更有一种勇气并为人生找到胜利的出口。

经历挫折比没有经历挫折要有坚韧力，经历挫折比没有经历的挫折要有人生价值。伏尔泰有"法兰西思想之王"之称。他年轻时，才华出众，却因年轻气盛遭遇了许多的困境与挫折。第一次，他因写诗讽刺奥尔良公爵被关监狱11个月。第二次，他因与诗人罗昂纠打被诬陷而关监狱1年。第三次，他被罗昂诬陷被驱逐出境，在英国流亡了3年。命运对伏尔泰来说是不公的，但他却用磨难与挫折为自己的人生添加了一笔可贵的财富。在关押巴士底狱的日子里，他完成了第一部作品《俄狄浦斯王》。在流亡英国期间，他完成了哲学著作《哲学通信》。回国后，他把原先与罗昂的旧恨忘了，和他重归于好。之后，他正式出版了《哲学通信》一书。他有一句思想名言，"思想像胡须，不成熟就不可能长出来。"

挫折是淬炼恐惧、焦虑、报怨、痛苦、懦弱的熔炉，也是战胜自己的一种意志。

挫折是坚强、勇气、专心修养的场所，挫折也是怯弱、迷惘、报怨的情绪场所。人生承受困境的程度，便是心灵产生巨大能量的强度；人生承受痛苦的程度，便是心灵承受苦难的深度。

如果把挫折当作熔炼自己的一面铜镜，那么即使陷入困境，也会看到自强、拼搏、真实的自己。

不屈服于困境，是力量；不屈服于坎坷，是成长；不屈服于厄运，是意志。卢梭认为，人所经历的沉浮挣扎和痛苦潦倒都是对他的磨砺，总有一天他会得到累累硕果。

挫折是自己的灵魂，因意志成就自己，因沉沦把自己带向深渊。古罗马哲学家塞涅卡被称为"挫折词典"，他写有《道德书简》《自然问题》哲学散文以及《疯狂的赫拉克勒斯》《特洛伊妇女》《美狄亚》《腓尼基少女》《奥塔山上的赫拉克勒斯》等9部悲剧。他命运坎坷。年轻时，他因患上肺结核而抑郁想自杀。在任罗马帝国会计官、元老院元老时，他曾遭阴谋打击无辜流放至科西嘉岛并在凶宅生活了8年。后克劳狄乌斯把他召回，做了皇储尼禄的老师。尼禄继位后，他成了尼禄的顾问及元老院元老，拥有了大量的财富。但不幸的事也在他的身上上演，他因侄子卢坎谋刺尼禄的事件，被尼禄怀疑他与卢坎是同伙而赐他自尽。尼禄首先是令塞涅卡割手腕自尽，但塞涅卡没死，尼禄又让他喝毒药，塞涅卡仍没死，尼禄又把他推上桑拿房，塞涅卡在闷蒸中死去。塞涅卡留下了许多的名言警句，如论人生"未尝过艰辛的人，只能看到世界的一面，而不知其另一面。真正的人生，只有在经过艰苦卓绝的斗争之后才能实现""愿意的，命运领着走；不愿意的，命运拖着走"。论真理"服从真理，就能征服一切事物"。

锻造品质的是挫折，赋予希望的是挫折。伏尔泰说："人生布满了荆棘，我们知道的唯一方法就是从那些荆棘上迅速踏过。"

46 忍耐

忍耐是承受的一种人生煎熬。艰辛、痛苦、孤独、挫折……在忍耐中体现着人生的滋味。奥斯丁曾说："在你心中的庭园，培植一颗忍耐的树，虽然它的根很苦，但是果实一定是甜的。"

忍耐是一种意志的考验、心灵的考验。铁经淬炼可成钢，是因为经过烈火的熔炼而达成。人经挫折可成就自己的价值，是因为经过苦难磨炼而达成自己的希望与目标。

浮躁、脆弱、害怕、报怨、恐惧……都会使自己缺乏忍耐之心并削弱自己的意志。

忍耐是磨难中发出的力量，承受坎坷越多，越能使自己坚强。

忍耐使自己趋向本真并看到自己承受的负重。有人之所以容易被打败，就因为缺少忍耐而被自己打败了。

有成就的人，会因藏着忍耐之心而不轻易被自己或他人击倒。即使遭受最严酷的打击，也不轻易使这一忍耐的力量消失，并以意志抗拒挫折。

47 宽慰

宽慰自己，是让悲苦与报怨减少些，让挫折与失意减少些，然后，遇见轻快的自己。

48 背叛

背叛是对忠诚的一种反叛。

背叛与忠诚是心灵中存在的两个不同的道德情感符号，一个是虚伪，一个是正直。背叛容易，而重建忠诚难。往往是出现了背叛，还使自己的背叛显出真理，而忠诚反倒为背叛背上了黑锅。

背叛信义，是对正义的践踏；背叛真理，是对信仰的践踏；背叛良知，是对善良的践踏。

背叛，也是背负恶名，用卑劣打造丑陋的行径。

49 自利

自利与自私都趋向于自己的一面,自利是为自己利益争取权益,自私是为自己的私权获得利益。自利与自私都是无私的见证者,又是私利革命者。

50 学问

学问是知识的累积,智慧是学问的光辉。

有学问并不一定有智慧,但有智慧一定有学问。法国美学家阿兰曾说:"学问能引导我们达到这个境界,只要这种学问没有野心,不饶舌,不急躁,只要它把我们从书本上领开,把我们的目光引向遥远的空间。这种学问应是感知和旅行。"

学问从学习、思考、疑问中获得价值。

文化的来源出自学问,从学问中找到当下的意义。

拿学问显示自己清高与成就,是一种虚荣;拿学问显示自己的地位与权势,是一种傲慢。最终的结局,会被卑劣摧毁学问,落于平庸。

51 尊严

尊严是人格构建的精神价值。托·伍·威尔逊认为，国家的尊严比安全更为重要，比命运更有价值。

尊严以德行建立自身的价值，但是尊严往往会因贫穷、物欲、名利等破坏而失去。

尊严是一种精神力量并捍卫自身的品格。

尊严让人有着荣耀，而独断、专横会使尊严更有坚韧力，它构建了尊严的内生精神力量并抵御独断、专横。

尊严容易被残酷、恶劣伤害并摧残身心，而失去尊严的生活是对自己良知的背叛，它没有精神自由与快乐，只有人生的灰暗。

维护尊严是自身的权利。它蕴含自尊、自爱、正直、英勇、自豪等因子，使尊严更有荣耀。

自私、贪婪会抛弃尊严，即使获得了权力、地位、财富，也得不到尊严。

尊严不容侵犯。侵犯了尊严，必毁自身的人格与权利。国家、民族、个人都以尊严彰显精神价值。席勒说："一个国家如果不能勇于不惜一切地去维护自己的尊严，那么，这个国家就一钱不值。"

52 承诺

承诺是心灵许下的良知、真诚与信守。
甜言蜜语许下的承诺,虽然中听,但不会长久。一句真言的承诺,能抵数十句花言巧语,更显示自身的魅力。

53 自省

自省是对自己的检审。
错误、过失、缺陷等都能从自省中纠正并指引自己的前程。
自省是一种修养,更是一种气度。
没有自省,也就没有心灵的观察,没有良知的检验。
对内心的善进行检测,能发现自己的卑劣;对内心的恶进行抨击,能发现自己的美与正义。
自省是监审自己美丑的裁判,让人遵守道德秩序与规则。

54 付出

付出既是惠及他人,也是惠及自己的一种美德。
付出时间、精力、爱、热情、辛劳、感情等都是人生的方式,一种人生的富足。

付出代价是创造自身最尊贵的一种价值。付出代价是为自己做出的一种考验，在代价中锻造自身的品质。失败、磨难、艰苦……都以付出代价而获得人生的一种考验。

生命从付出中找到意义、从付出中找到价值。

权力、地位、名声、财富都是从付出中获得的价值，而付出并不意味着就能获得名利，但它能考验你的心智并使你做出理性的人生决策。

55 善良

善良是心灵的良知与高贵。

善良沉淀人性的杂质，让心灵充满恬静、安然、恬美，它构筑心灵的健康。

善良容易被欺骗、讹诈，因为人性的弱点与卑劣都使善良受到不敬的待遇而遭冷遇伤害，但欺骗者最终损害的是自己的利益。

深怀敌意，以傲慢、轻视、嫉妒、冷落对待他人，都是对自己的一种伤害，对自己的不善。它既容忍不了自己，也容忍不了他人，最终使自己沦陷。

以道德捍卫善良，是对善良的弘扬；以法治捍卫善良，是对善良的保护。

人性的善良是不辜负良知，让善扎根心灵，焕发美丽的人生。

56 友善

友善是道德的品质，是心灵中生发出对他人的一种友好善意。孟郊曾以诗写道："求友须在良，得良终相善。求友若非良，非良中道变。"

友善是傲慢、歧视、冷落中的一缕阳光。友善是尊重、良知、仁爱中的精神之钙。

友善以同情表现真挚的情感。同情他人，也是把他人的忧郁、痛苦当作自己的痛苦，对他人遭受坎坷的命运寄寓同情、理解，并给予帮助。友善就在扶助中获得了善，既成就了自己，也成就了他人。

冷漠与温暖、宽容与嫉妒、慷慨与自私、赞赏与嘲笑、关爱与伤害、真诚与虚假、谦逊与自大、慈善与吝啬、快乐与伤悲都可从友善中体现真善美、假恶丑。

友善在个人、朋友、亲人、家庭、集体、社会中探知冷暖。

友善对他人不怀敌意，而不善会以傲慢、轻视、冷落对待他人。友善蕴含恬淡，它沉淀自身的杂质，让心灵充满恬静、安然。它会让恬美渗透至对方的心灵，构筑起心灵的健康。而不善却以嫉妒、浮躁让心灵得不到慰藉。当容忍不了他人时，恰恰是对自己心灵的一种伤害。

包容是友善的气度，它以自省发现缺陷，以激励显示勇气，以学习获得智慧。对待恭维从不表现出自己的优秀，即使是对手，总是以他的优点挖掘自己的潜能，获得进步，让对手成为朋友。爱默生谈道："我们的力量产生了我们的软弱之处，一直要等到我们受到刺伤、冒犯及责骂之后，具备神秘的力量才会苏醒过来。伟大者总是愿意自己渺小，当他安坐在有利的垫子上，他就会入睡；当他被逼迫、折磨和打败时，他就有了学习的机会。他调动起自己的智慧，显示男子汉气概，他以获知事实真相弥补自己的无知，治愈自己的虚伪及愚蠢，并掌握节制及真正的技巧。聪明人总是主动向攻击者靠近，他比对手还要有兴趣去找出他自身的弱点，批评比赞扬更安全。我痛恨在报上发表文章为自己辩护，只要有人说对我不利的话，我就觉得自己获得了某些成功。但是，只要有人对我大加赞扬，我就会觉得我是毫无防范地站在了敌人的面前。"历史上，李世民、华盛顿、曼德拉等名人都会用友善把对手纳入他的友情中并为自己打开事业的前程。

57 出身

印在人生中的标签，但又是为自己创造人生的一种价值意义。

高贵、卑贱、贫穷，都从出身中印证人生轨迹。

出身对自己成长有着意义。一个出身在卑微、贫穷家庭的人，对自己的成长有着特别的人生意义。因为他经受的苦难要多，这反而促使自己用意志、勤奋、学习去构建自己的未来人生。"英雄不问出处"，也就是说，英雄与出身没有关系，但与自己努力奋斗有关系。

标明自己出身的高贵，并不意味自己就很高贵，也并不意味着自己就不能构建高贵。

有优越的出身地位，而无良好的品德，是对高贵的践踏；有优越的出身地位，而又有良好的品德修养，是对高贵的尊敬。

不以出身论贵贱，才能显示人性的平等；不以出身论贫富，才能显示人性的良知。

出身是一种注定的初始命运，出身于良好的知识分子家庭，出身于殷实富裕的家庭，出身于贫困家庭——都是初始命运的安排，但每个人都有潜能对自己的未来做出改变。不要被出身限制了潜能，不要被出身限制了努力与拼搏，否则，出身是自己的负担。

不谈出身，是对自己有一个良好的认识，使自己遵从良知而创造自身价值；不谈出身，是对自己有一个良好的思考，使自己没有偏见、傲慢而得到他人的尊重。

58 同情

同情是出于一种内心的怜悯与仁爱，并对他人的不幸命运遭遇产生同感而激发的情感。同情也是分享他人的一种荣誉、快乐、幸福与成功。

同情带有仁爱、慈善、宽容、宽宏、友爱等良好的道德品质，这与生俱来的品质使人具有了精神力量而闪光。

不幸、苦难、受伤、灾难、坎坷都使人生出同情，并映衬心灵的美善。同情也是对自己做出高贵的敬意，这一悲悯式的同情为人找到了精神。历代的许多名人都有着同情，如我国的孔子、屈原、司马迁、杜甫、关汉卿、王实甫、孔尚任、曹雪芹、巴金以及外国的莎士比亚、安徒生、拜伦、司汤达、雨果、果戈理、托尔斯泰、福克纳等，他们不仅以同情构建出自身的德行，而且以这一德行赋予了文学艺术价值意义。"朱门酒肉臭，路有冻死骨"，杜甫经历的人生苦难与遇见的不幸现实，在他的诗作中得到体现验证。安徒生的《卖火柴的小女孩》《丑小鸭》《白雪皇后》等童话以同情勾画出浪慢与现实主义，验证了文学艺术的价值，也验证了他的苦难与不幸、信念与坚守、希望与憧憬。

身边发生的不幸之事，冷漠的人是熟视无睹的，这种道德的缺失，使他的心灵也是灰色的。而对热忱、仁心的人来说，即使心灵有一点灰色，他也会淡淡的抹去，不使心灵留下阴影，并对他人遭受的不好境遇总是报以仁心与激励、宽慰与消融、宽宏与仁慈，让人感到温暖。

对自己同情，对他人同情都是友善。友善使人感受相互存在的道德价值意义，他人的痛苦便是自身经历痛苦的一种优抚，他人的脆弱便是自身经历脆弱时的一种坚强，他人的悲情便是自身经历悲情时一种慰藉。而最苦难的经历，不仅是自己同情自己的镜子，而且还是他人同情自己的镜子，自己同情他人的镜子，从里面能看到一种坚毅的力量与信仰。亚当·斯密说道："小小的苦恼激不起同情，而剧烈的痛苦却能唤起极大的同情。"

59 时间

时间是一种延续。生命、心灵、思想、信仰、精神……都在时间中存在并延续与创造生活的美好。

时间治愈不了忧伤，却能淡忘忧伤。

在时间里面，永远住着运动变化岁月之神。一年四季，一朝一代，都显示了时间变化的规律以及季节、时代的不同。

时间留不住青春，却能留住精神。

时间是日夜轮回的仪器，天空留痕、大地留迹并重复着自身无穷的轨迹。

了解了时间,也就了解了自己的秉性、赋能、习惯、感性并创造自己的未来。

在时间中,高尚与卑劣是时间的印证,修养就从时间中流溢出光彩。

永恒是时间的业态,从时间里能看到永恒与一瞬的美好。

时间属于现在。如果你珍惜现在,那么,现在会呈现最有意义的时刻。它没有妄想、虚幻,是实在的一种充实与希望。

在恬淡时间的河流中畅游,时间会变为一种健康运动的方式得到升华。

60 教养

教养即修养,是对自身行为所表达出的一种美善。

教养从修养、勤俭、文雅、朴实、忠孝、勤学、文雅、包容、谦虚、礼仪中熏陶出精神价值,语言、表情、神智、姿势能体现教养中的优雅。报怨、指责、傲慢、挑刺、轻视、粗俗都是对教养的一种伤害,也是对心灵的一种伤害。它贬低了自身的形象,给自己带来人生的危机,还给他人带来了破坏性的情绪。

最不得体的是粗俗,最得体的是教养。前者败坏自身的形象,后者提升自身形象。

庸俗、傲慢中长不出优雅,仁礼中却能培养出最美的气质。

61 价值

价值，精神与物质中的最尊贵的财富。

在价值中，一切以利益出发，包括道德、精神、思想、情感等都以利益构建人生价值。

发现自身价值与他人的价值是获得利益的途径，但价值观决定自己的人生与幸福。

价值是自己的王冠，思想是价值的灵魂。

价值的高贵在创造，而不在地位；价值的高贵在责任，而不在权力；价值的高贵在贡献，而不在名声。

衡量自己的价值，才能发现自己的优劣。

62 机会

机会是人生遇到的一位幸运美神。

机会也是自己创造出的，知识、创意、灵感、学识、才华、能力、积极等都是机会创造的因子并使自己获得先机。

变化使机会扑朔迷离，但机会的变化，让人更有一种敏锐力而接近机会，以见微知著的才识发现机会。

63 时机

　　时机是时势、时运、机遇。英国诗人布莱克赋诗道："如果在时机成熟前强摘时机，你无疑将洒下悔恨的泪滴；一旦把成熟的时机错过，无尽的痛苦将使你终生哭泣。"

　　发现时机是一种洞见，错过时机是一种丧失。孔子曾说："让千里马拉沉重的盐车，并不是因为它自己有什么问题，而是有些人不知它的能力。如它遇不上伯乐，又如何获得千里马的声誉。兰草和白芷生长于深山老林。如没人发现它，又如何获得芳香之花的美名。"春秋时期，宋与楚对立，楚与鲁、陈、郑、齐、蔡等国组成了军事联盟，而宋与卫、曹、邾、许、腾等国组成了军事联盟。但宋的实力不如楚的实力强大，为了抗衡楚国，宋襄公率卫、许、腾三国联军进攻楚的盟国郑国。郑国向楚王求援，楚王出兵，于是，一场战斗就在泓水两岸展开。宋军率先在泓水的北岸占据了有利的地势，而楚军还在渡河。宋襄公的参谋公孙固在敌强我弱的形势下，要宋襄公下令出击，把楚军消灭于泓水。宋襄公认为不妥并说道："不推人之险，不迫人于阨。"大意是不推敌人于险恶中，不逼迫敌人就范。当楚军渡过河并开始布阵时，参谋公孙固又建议宋襄公趁楚军未列阵时出击消灭它。宋襄公却答道："不鼓不成列。"即我们应按先祖行事，敌人没布好阵，不得出击，接着又道："这样就显示出我是仁义之师啊！"结果，等楚军布好阵，宋军出击时，宋军被强大的楚军打败。宋襄公受伤而逃。

　　时机需要勇气与敏锐捕捉。狄斯累利在谈到时机时说："成功的秘诀，在于随时随地把握时机。"林语堂在美国参加朋友的宴会，来的名人有美国的知名作家赛珍珠,中国也有多位名人出席,包括温源宁、吴经熊等。当赛珍珠得知有多位中国作家在座,便愉快地对他们说:"各位如有新作在美国出版发行,本人愿为效劳。"温源宁、吴经熊等以为是普通的敷衍说词,并未在意。林语堂却站起应答:"有新作出版,还请您帮助。"几日后,他整理了一本英文小册送给赛珍珠,请她斧正。赛珍珠看后,很快帮助他出版了作品。

时机是自己创造的,也是在他人慧眼识才中给自己创造的。开普勒以发现行星运动三大定律闻名世界,而发现他的是一位天文学家第谷。1594年,开普勒大学毕业后,就应聘为奥地利格拉茨新教神学院教授,仅两年时间,他就撰写出天文学著作《宇宙的奥秘》。虽然是业余时间完成的成果,但他对天文学的热爱超过了他的教学,他已不满足于自己的小小成就,他想在天文学领域有更大的发展空间。于是,他给主持布拉格天文台的专家第谷写了一封信,还附上了自己的著作。第谷看后,很欣赏开普勒的才华与勇气,邀请他来天文台工作。他与开普勒共事两年多,后因病去世。他留下了大量的天文研究资料,临终时,第谷嘱咐开普勒把他观察撰写的天文资料及星表发表出来。开普勒铭记在心,对第谷的资料进行了整理、研究,在1627年,他达成了第谷的心愿,出版了《鲁道夫星表》。他还结合自己对天文的观测,发现了行星运动三大定律,即椭圆轨道定律(行星沿椭圆轨道绕太阳运行,而太阳则处于两焦点之一的位置),相等面积定律(行星运动的速度是不均匀的,当它离太阳较近时,运动就较快;反之则较慢。但从任何一点开始,向经太阳中心到行星中心的连线在相等时间内,所扫过的面积是全部相等的),和谐定律(行星绕太阳公转运动的周期的平方与它们椭圆轨道的半长轴的立方成正比),并撰写了《新天文学》《宇宙和谐论》。

64 智慧

智慧是认识、辨析、判断、处理和创造的能力。深邃的思想，哲学的思辨，文明的创造，都来自智慧。

智慧赋予了人生价值。每个人身上都潜藏智慧的因子，只要打开就能创造更大的价值。古代那些名人都以智慧获得了各自的人生价值。如"临渊羡鱼，不如退而结网"（班固）表达的是术智，"博之不必知，辨之不必慧"（庄子）"学而不思则罔，思而不学则殆"（孔子）表达的是思智，"唯达者知通为一"（庄子）表达的是通智，"知其愚者，非大愚也。知其惑者，非大惑也。"（庄子）表达的是明智，"彼将任我以事，而效我以功"（庄子）表达的是乐智，"大智若愚"表达的是大智。

智慧从学习、思考、经验中积累。思考可获得灵魂对话，学习可获得成长，经验可获得进步。而内外兼修，智慧更显示一种光芒。

65 超越

超越是逾越自身障碍而达到的人生高度，也是在恶劣环境中体现的一种意志力量。

超越他人是一种智慧，超越自己是一种境界。

超越人性的卑劣，是对环境的一种向善。人的卑劣来自自身，如果不从自身卑劣中超越，那么就会阻隔自己的人生进步与成长。

超越苦难,是一种坚强;超越自卑,是一种精神的胜利。

超越前人的经验、思想,是历史机遇与自身创新而获得的进步。

人生每一次的超越,都是对人生的一次洗练、一次升华。

66 良言

良言是美善中的精神之药,思想中的道德之泉。

吹嘘毁于自大,诋毁毁于自贱,奉承毁于自欺,而良言显示自己的美德。

表达真诚、坦荡、豁达、谦虚、朴实、谨慎是良言。自毁形象的是奉承、吹嘘、自大、虚伪并落入难堪的境地。

相信"仁慈与友善比愤怒与嫉妒更有力量",就会吸引一切的正能量使自己与他人达成快乐。

俗语云,"良言一句三冬暖,恶语伤人六月寒",道出了良言的可贵。荀子也说,"伤人之言,深于矛戟",大意是伤害他人的语言比用长矛和战戟刺伤身体更加厉害。

世上的纷争、格斗、伤亡等都出自不善的恶语。即使在现代社会,也会有不文明语言伤害,如在社会的各种场所,包括影院、歌厅、酒吧、茶座、景点、广场、娱乐室、车站、超市……因年龄、性情、脾气、素养、观点、文化水平、道德、信仰、服务等不同,总有少部分人用偏激和过于暴力的语言伤害人,甚至发生肢体冲突,导致他人受到伤害,践踏了社会与法律。

在现代社会,良言就是心灵表达出自身形象与暖风。自身形象是从良言出发的,不论在故乡他乡,当以美善表达自己的声音时,就会接纳真诚。即使有虚伪,也会把这一美善带到世界,让时间沉淀虚伪，让正直去除邪恶，让美善花开大地。

失去友善，失去快乐，失去幸福，是因为没有让纯洁的心灵驻扎，没有让道德的语言驻扎，以致丢掉了美善，使人浮躁而影响身心健康。

语言的尊贵是用品德铸造的。不论是有声语言，还是无声语言，都以美善的品德表达出尊贵意义。以爱传情，以德传声，以道传义，以善传慈，在有声与无声中构建世界的意义、人生的意义。

一个社会的虚伪语言太多，也会伤害整个社会及人的良知。

掩饰一种语言，不全是坏事。有的是不暴露自己，避免冲突，让内心强大起来；有的是调整内心的情绪，让自己更加有主张；有的是以善意的谎言激励他人上进。而虚假的言语掩饰不了内心的浮躁，自傲的言语会被自己的恃纵淹没。

倾听语言是让心灵相通。一个不能倾听良言的人，也就不能善纳自己与他人，从而在自大中丢失了自己。而能倾听良言的人，他有着包容与善的心，既成就了对方也塑造了自己。

67 诚信

诚信是一种承诺及精神价值，诚信是比金子尊贵的精神钻石。古人很早认为就"诚者物之始终"，即说诚者贯穿万物始终。

康德认为，"诚实比一切智谋更好，而且它是智慧的基本条件"。那些历代名人都把诚信看作是无形资产和名声。如齐桓公信守诺言成为诸侯盟主，季布诚信守诺赢得美名，诸葛亮以信为本、以诚待人赢得尊敬，胡雪岩以诚信商道赢得事业成功，都表达了诚信的价值。

诚信的失去，是因为有卑劣的因子存在，包括自私、贪婪、谎言、欺诈、假冒、剽窃等卑劣的因子存在使人失去诚信。它既亵渎了良知，也毁灭了自己的声誉。古人有一句话，叫"不诚者则不独"，意思是说不诚实的人无法取得别人信任。富兰克林对诚信看得很重，他说："失足，你可以马上恢复站立，失信，你也许永难挽回。"不论是个人、组织、集体，还是国家、社会都应建立在诚信之上。如缺失了诚信，将变得黑暗、动荡、危机，乃至毁灭。

诚信的建立是心灵的纯洁与至诚的构建、是制度与法治的构建、是道德与风尚的构建、是灵魂与良知的构建。

诚信维系着人生社会的稳定并减少冲突及高昂的交易成本，让人更自信地分享各自的利益价值。

68 优越

优越是以智力、环境、财富、名利等作为条件而胜于对方的一种意识。

优越与自卑是同胞兄弟，但自卑是成就优越的基石。自卑越强，越会用勤奋锻造优越，用坚毅锻造优越，用智慧锻造优越。

有优越的环境、地位与名声，如果少了尊贵的品格气质，优越仅是虚荣。

成就是一种优越，是享有的荣誉。有成就的人，从不把经历挫折看作是失败，而是尝试、探研、学习、成长并获得经验。

不炫耀自己的优越，是一种修养。因为在他的内心的世界，没有权力、地位、金钱、知识、美貌等，只有爱、尊重、教养，那是他最富足的精神财富。

用优越与骄傲建立起的"高贵",是虚荣;以卑劣与手段建立的"优越",是羞耻。

有炫耀之资,而无谦逊之本,优越会有失教养;有谦逊之心,又有成人之美,优越会显示高贵。

以优越取悦于自己,会失落自己的优越;以优越取悦于他人,会失落自己的德行。

内心品格的优越是成就自己的精神财富。当优越化为尊重、谦逊、感恩、友善的因子,那么越会得到他人的尊敬并获得名声。

69 心灵

心灵比财富可贵,比权力高尚,它塑造美德并赋予生命的意义。

心灵容纳精神,容纳灵魂,容纳物质。它沉淀思想、情感,淬炼品质。沉淀使生命的杂质得到融化,沉淀使情感的杂质得到融化,而淬炼使心灵得到至纯,使心灵得到升华。正如雨果所说:"人类的心灵需要甚于需要的物质。"

心灵的存在,也是感觉、记忆、想象、思维、情感、意志的存在。罗素说:"心灵既不创造真理,也不创造虚妄,它创造的是信念。而奇诡的是,一旦信念被创造出来,心灵就无法让它们成为真实或虚妄的了。"

生命以心灵之美显示高贵。仁爱、善良、友善、良知、尊重、诚信、谦虚、热爱、坚强、无畏、纯洁、质朴、宽容、自省都是心灵中最高贵的因子,使人有着精神。每个人都从这一内涵丰富的良好因子中找到快乐与幸福。

心灵的强大以坚韧为基石。它是意志之神,能承载负重与压力、坎坷与艰难，使人充满向上的力量并驱使自己走向成功。心灵脆弱，是因为没有一个坚强的意志驻扎在心灵，使心灵抵御不了挫折。包括那些劣性的品质，如虚伪、欺骗、报怨、嫉妒、仇恨、偏见、责备、怀疑、贪婪、自傲都会削弱自己的意志而使自己受困。

心灵的迷茫，是灵魂的迷茫。心灵的贪婪，是灵魂的贪婪。它们都是心灵的杂质，包括嫉妒、报怨、懒惰、自负、自傲……都使身心带有卑劣，一旦被浸淫，便无法抵御与抗击，使自己沉沦下去。不论是名人，还是普通人，都浸淫着迷茫，奥古斯丁、夏洛蒂、托尔斯泰、海明威、沈从文都经历了迷茫。但迷茫并不是不可逾越的，只要去认识、接受、挑战它，就能带向智慧的坦途。虽然迷茫会失去许多珍贵的东西，但又会使人成长，在沉思、热爱、追求中而获得认识的价值。

心灵被卑劣浸淫了，是因消极、懒惰、自大、贪婪、奢侈、享乐、纵欲、虚荣等削弱了心灵的美好，使自己臣服于卑劣。

心灵的宁静是自然的宁静，心灵的忧愁是自然的忧愁。古希腊哲学家德谟克利特有一句名言："如果对财富的欲望没有节制，将使人变得比穷更难堪。因为最强烈的欲望将产生最难为的需要。"

心灵容得下天空与大海，也容得下星星与小溪。它超越苦恼、混乱、危险、困境，把你带向坦途。

挫折锻造心灵的强大，思想赋予了心灵智慧。心灵的贫乏，是因为少了思想与精神元素，使自己落寞。真正的心灵富足，应以思想与精神构筑，而不是消遣与无聊。

70 信念

信念是意识中表现出对精神事物的虔诚。

信念是实现自身价值的意志与力量，是一种求索精神。

信念是自我认知的系统，不论是正的信念，还是负的信念，都要以开放与诚实对自己的人生价值进行检测、质疑、实践，以实现正确的人生目标。

正面的价值信念能建立良好的关系，负面的价值信念容易产生分歧。

信念的动摇，是意志的动摇，当脆弱成了信念的负面因子，也就动摇了意志。

失去一种信念开启另一种信念，是对自己的人生做出的选择，也是对原来的信念做出理性的选择。

最弱的信念构成不了强大，但最弱的信念通过持之以恒可以变为强大，而最强的信念因狂热可折断信念的翅膀。

信念是开在荆棘中的花，它给人以向上的力量。信念与人生、社会联结在一起，便有了信念人生、信念力量。坚强、责任、执着、自信、积极都是信念中的力量并赋予了意义。

好的信念是人生正确方向标，不好信念是人生反向标。有什么样的信念就有什么样的信仰人生，包括人生观、善恶观、荣辱观等都为信念赋予了道德品质。

71 苦难

苦难是人生经历的一种困境、挫折。丘吉尔认为:"苦难是财富,还是屈辱?当你战胜了苦难时,它就是你的财富;可当苦难战胜了你时,它就是屈辱。"

苦难使自己成长并获得人生财富。

没有经历苦难,人生不会成长;没有经历苦难,思想不会成熟。

72 品格

品格即人格,是精神赋予的一种高贵品质。财富、名声……都从品格中获得价值。

品格比金玉尊贵,其价值要超出一切物质的东西。

用品格捍卫尊严,也就是用人格的力量捍卫心灵的纯洁。

品格的失去,是卑劣吞噬了良心,是虚伪掩饰了真理,是贪婪霸占了善良。

73 包容

　　包容是一种虚怀若谷的气度,也是心灵的广阔。海纳百川、兼收并蓄都以包容体现精神。

　　包容一个人容易,包容许多不同意见的人很难,包容反对自己的人更难,但包容是实现人生价值的精神武器。包容众多的思想观念,才会孕育新的思想。

　　包容是求同存异的兼容。包容习性与情绪,使情感变得丰富;包容思想,使思想变得丰富;包容于爱,使爱变得伟大;包容于失败,使人生有了成长。

　　包容以开放、容纳显示自己的坦荡。郭子仪在平定安史之乱时,得到了唐代宗许多的奖赏,据载,郭子仪仅在京城亲仁里就占了一半房产。显贵的身份及豪宅,应是平民不能见和进入的地方,而他却对外开放,任何人都可进出。曾有家人及同僚劝他不要这样做。郭子仪却道:"现在我地位显赫,仅住在亲仁里由朝庭供养的人和马就有很多。可是你们想过没有,如果我设置人为的障碍,内外不通,会引起官民的猜疑,而贪功害能之人何代不有,且若出现怀怨之人诬告我有叛逆之心,定会招来株连九族的大祸。"接着他又说:"现在我开放自己的豪宅,广通大路,一来显示自己的坦荡,二来即使有人诬告,也不会招致祸来。"正如孙子所说,"杂于利而务可信;杂于害而患可解也",即在不利的情况下,看到有利的因素,才会提高自己的信心;在顺利的时候,预见到不利的因素,才会预防和解决可能发生的祸患。

　　包容是不计恩怨而表现出的真情与豁达。王安石与苏轼都曾在朝廷做官，但因政见不合，产生了许多的分歧，一度到了水火不相容的境地。苏轼也因卷入新旧两党政治斗争而遭受打击，先后遭贬至杭州、密州、湖州等地任地方官。后因"乌台诗案"被陷害入狱，最后被神宗定罪问斩。而此时，王安石因变法遭权贵的打击，已辞去相位。他虽然远在江宁，但听到苏轼"乌台诗案"的消息，也不顾个人恩怨，上书神宗，以"安有盛世而杀才士乎"之语，使苏轼逃过了生死劫。苏轼在后来贬谪时，特别地记着王安石的恩情，他在移居汝州途经江宁时，专程看望了王安石，恢复了昔日的友情。

74 评价

评价是伦理道德的议论。虚伪、务实、求真、诚实、功过、卑贱、高尚……都在评价语境与文字中显示优劣。

高尚的人从评价中获得名誉，卑贱的人也从评价中感知人性的丑恶。

公正是评价的天平。能抨击腐败黑暗，是权力的向善。能公正做出人性的评价，是精神的向善。

伪善的评价，是对良知的践踏，因为所做出的对自己与他人的评价都是伪善的，一是想从自己与对方的好评上获得心灵满足式的虚荣，二是想用讥讽的方式贬低对方而抬高自己的声望。这两种评价都会削弱自身的价值，给自己带来危机。

评价自身的优劣是知己，评价他人的优劣是知心。

带讽刺意味评价他人，是对他人的不尊重，也是对自己的不尊重。

评价是遵从自己的德行与良知对他人发出的一种精神启示及

奖赏。

过多评价自己是一种自贱，迎合他人的评价是一种虚伪。

评价是一种审美。不带功利性的评价是一种真诚，带功利性的评价是一种自利。

75 批评

批评是对缺点与缺陷做出的评议。

批评对自身的价值有着反省作用。

带有自私利益的批评，不是批评，而是批斗与排斥，以削弱对方对自己的影响。

批评是道德的评价，并遵循良知以拯救卑劣。

知识的批评胜过虚伪、无理的批评，它更有精神力量。

自我批评是良知的胜利。

76 信任

信任是对自己及他人诚实、才华、能力的认可，也是一种最尊贵的精神价值。

信任维系着人生价值的稳定。生活、爱情、学习、工作……无不以信任达成价值。作家霍萨格在《信任的力量》一书中提出了八项信任基础，如信任要有清晰度，信任在逆境中恪守承诺的人，信任关心他们的人，信任有能力、有活力的人等都显示了信任的尊贵。

信任能减少冲突及高昂的交易成本，让人更自信地分享各自的利益价值。

信任的基石是公平，并以公平作为各自利益的交换条件而获得价值。不被信任，都是违反了道德准则而丧失信任。不被信任也是对品德、意图、能力、行为等予以否定所做出的行为抵制。

信任在任何地方都是可支配的一笔财富，它建立在尊重、友善、交流、合作中。如果失去这一原则，信任便会被怀疑，进而让自己受损。

勇于信任是一种情操，是衡量道德的一条准则。即使遭遇伤害、攻击、讥讽，也把信任置于最高的位置并带向友善。工作效能、品质、能力是考验信任的基石，包括领导与下属、高管与职员、团队与个体的关系都存在着这一信任基石并维系着事业，而高效运转的工作机制都是信任促成的，这一信任也上升到国家、社会。

信任应从自身的德行中建立，即尊重自己、信任自己而达成与他人共享道德精神价值。狂热、仇视、伤害、轻信、盲目、依赖、怀疑都是对信任的一种打击，它会削弱自信、品德而伤害自己。

77 诠释

诠释是对精神物质的释义。

诠释箴言、文字、语句、事实，都是自身思想做出的论断。

以偏见诠释文字，会使文字面目全非；以狭隘诠释事实，会使事实真相不明。诠释需要科学，它是诠释思想的灯塔。

78 自知

　　自知能助人觉察自身能力、感情、思想，它测试情感、心态、学识……让自己知道自身的心境与水平，告诫自己要有自知之明并驾驭自己。
　　自知也是心灵的智慧，能发现优秀与缺陷并从那里得到良知。
　　自负、狂妄、自大损害自知，自省、自谦、自明有利自知。

79 忠诚

　　忠诚是对自身做出的坚定的意志行为，以心灵的归属与敬意而趋向完美。忠于理想、忠于职守、忠于工作，都是一种价值取向，一种高贵的德行和责任，使人充满着美好。
　　忠诚的反面是背叛。冷漠、伤害、毁誉、愚弄、虐待、贪婪、固执、歧视、刻薄、斥责、报怨都是伤害忠诚的因子，当其上升为恶劣的习性，就会扼杀忠诚吞噬良知。
　　责任、敬业是锻造忠诚的金质材料，在卓越、细致、才能、担当中成就优良的品质，成就自己的事业。
　　忠诚熔炼卑劣的行为，如浮躁、软弱、害怕、懒惰、轻视、傲慢、贪婪都能在忠诚的火炉中炼化出良性的品质，创造更大的价值。

80 坦诚

坦诚是为自己与对方带来的善意。

坦诚也是一种本真,一种为自己与对方建立友情关系的元素。

坦诚对虚伪与怀疑是一种重创,对善良与友善却是一种鼓舞。

81 理念

理念是内心滋生出的思想,它是精神力量并构建自身的一种价值。

理念超出道德的界限,会毁灭精神;理念超出法治的界限,会毁灭品格。

82 借鉴

借鉴是吸取经验与教训而获得自身发展与进步。

借鉴是完善自我人格的一种精神价值。自信与自卑、完美与缺陷、优雅与粗俗、真实与虚伪、谦逊与骄傲、恬淡与浮躁都表达了完善自我的人生意义。

善于吸取他人的智慧、知识、文化是借鉴,善于吸取他人的思想、技术、制度、设计是借鉴。

成功借鉴与借鉴成功都是成就自己的精神要素。

83 创新

创新是创造新事物，是人对物质、精神的再创造。创新包含了矛盾、规律、发展、思考、实践、超越等内生的因子，以突破思维定式及现有知识物质，创造新的物质世界并获得比原来更好的一种价值、更好的一种生活。彼得·德鲁克说："创新性模仿者，在别人的成功基础上进行再创新，也就是对现代先进的产品进行改进或改变产品形态，以适应市场的竞争。"苹果、微软、三星、华为、百度、腾讯等都从创新性的模仿中获得创新价值。三星当初与世界大公司有很大的距离，如管理、技术、产品、质量、服务等跟不上品牌公司，学习、模仿成了三星重要的内容。但三星不是一味地学习某一公司的长处，而是博采众长，全面地吸取各公司某一长处进行学习研究，以达成自身的完美。如生产管理学习飞利浦，质量管理学习施乐，研发设计学习摩托罗拉，库存管理学习联邦速递……从而使自身得到了进步发展。华为起先是模仿、学习，然后再创新，之后又做出了创新要以市场为目标的理念。虽然华为在技术与市场方面走过些弯路，但很快从失误中纠正过来。华为公司还做出了规定：每年研发部门必须安排5％的研发人员转做市场，而市场部门也有部分人员转做研发，以适应"技术市场化，市场技术化"。华为研发人员已占公司总人数的将近一半，仅每年研发费就达到年收入的20％以上。公司领导还提到共享资源的创新才是真正的创新，并说："华为公司拥有的资源，你至少要利用到70％以上才算创新。"

启示：一、学习是获得知识的一种能力。二、自省是找到自身缺陷的一种品质。三、起点决定自身的意志，坐标决定自身的方向，视野决定自身的高度。四、共享价值是获得利益的最大的一种途径。

创新是对原物质敢于质疑，敢于否定不正确的思维方法理论并发现创造出新的物质。荷兰显微镜学家列文虎克自小失去父亲，16岁就出来当学徒并拜师学习制镜技术。后来，他运用学习的制镜技术，制出了一台显微镜，并用显微镜来检测细菌、虱子等微小的生物，渐渐获得了许多学术方面的知识，而英国皇家协会有感于他对显微镜的热爱，吸收他为会员。他每一次与协会的通信，都会把自己最新思想写入信中，以与专家进行交流。他写信从不间断，以至在与皇家协会几十年的交流通信中，积累了厚厚的信札。

启示：一、工作是获得自身回报的一种奖赏。二、敬业让工作更有荣誉感。三、敢于质疑。四、培养兴趣与发现的眼光。五、有探索与追求的精神。

创新应超越自己的思维以适应市场的变化。福特有一句话："不创新，就灭亡。"手机是一个更新很快的行业，有的因固守而失去市场，有的因创新而引领时代潮流。苹果是美国著名品牌，在进入手机行业中，苹果没有固守手机键盘时代，而是开创了一个新的操作方式——虚拟键盘操作并成为行业的佼佼者。而另一家企业——诺基亚因固守键盘操作而失去市场，究其原因，是他们没有了创新、开拓，被自大、保守所掩饰，并浸淫于整个团队，最终被竞争对手超越，无奈退出手机市场。高铁技术源于日本、欧洲，2004年至2008年，中国高铁还只是引进了日本、德国、法国等国的高铁技术，而通过学习、融合、孕育、发展，在2008年后走上了自主研发之路，并明确了高铁核心装备与系统研发，至2017年，"复兴号"动车组投入运营，时速达350千米，成为当时世界运行速度最快，更安全的动车组列车。

启示：一、变化是企业创新的法宝。二、保持激情和敏锐力。三、有谦虚学习的心态。四、对市场有深入研究。

84 痛苦

痛苦能让你体验人生苦难与现实意义，变得更有尊严。海明威在他的作品中有一句名言：生活总是让我们遍体鳞伤，但到后来，那些受伤的地方一定会变成我们最强壮的地方。

在磨难中，痛苦是熔炼坚强药方；在欢愉中，痛苦是熔炼幸福的药方。

内心的创伤需要意志、信念与时间疗养，即使伤痛入心，意志仍会站在精神的一面，迎击伤痛给自己带来的危害。即使伤痛入身，信念仍会站在身体的一面，坚定自己的信心。

人生要经受各式各样的痛苦，坎坷、挫折、死亡、疾病、堕落、恐惧……都是痛苦的源头使人难忘，而痛苦是人生不可回避的选择，选择也是思想所做出的路径。人生情感有许多的选择，选择爱，使人快乐；选择恨，使人痛苦；选择宽恕，使人包容；选择逃避，使人恐惧。人生的每一次选择，是两种正负情绪在较量中做出的结果。但是，人的负面情绪不要超出正面的情绪，否则，会分裂自己。正如痛苦不要超出自身的承受力，否则会伤及自己的信心与希望。

遭受痛苦是人生的挑战与考验，也激发自己潜能的力量并创造美好。

摆脱痛苦是内心的一种意志与表现。叔本华认为，摆脱痛苦有两条路径：一是通过艺术审美暂时遗忘痛苦，二是通过理论和行动彻底摆脱痛苦。

痛苦是最脆弱的、最悲痛的感情，也是人生中的灰暗，它让你体验一种遭受心灵打击的悲壮，但它又是提振信心的伟大力量。体验得越深刻，越能使自己坚强。不论是普通人，还是名人、伟人，在人生中都要经历痛苦，承受痛苦的历练。从古代的司马迁、杜甫、苏轼、王安石、王阳明到近现代的曾国藩、王国维、巴金等，都知痛苦对自己人生的激励意义，他们从不会被挫折、困境吓倒，而是接受痛苦、认识痛苦、挑战痛苦。在最痛苦时期，成就了自己的光辉。正如培根所说："超越自然的奇迹多是在对逆境的征服中出现的。"

痛苦比绝望更有生存的空间。超越痛苦，是人生恬淡；沉溺于痛苦，是人生的自哀。贝多芬在悲痛中孕育出《命运交响曲》，柴可夫斯基在悲惨中孕育出《悲怆交响曲》，笛福在悲戚中写出了小说《鲁宾孙漂流记》，普希金在悲愤中写出了诗歌《致西伯利亚的囚徒》，塞万提斯在痛苦中写出了名作《堂吉诃德》。

人生每一次承受的痛苦，都是对人生做出美好希望的拥抱。

85 恐惧

恐惧是心灵的一种害怕。它分离自信、平安、宁静，让内心焦虑、沮丧、报怨、痛苦等。衰老、疾病、贫困、死亡、压力……都可产生恐惧并影响身心健康。

恐惧既是内心的冲突，也是外在遇见危机所做出的相对应的抗拒。坚强、勇气、意志是恐惧的克星，但又是恐惧的精神力量。

86 受制

受制是从内外环境开始的,也是为自己的心灵与思想设限。

受制于人,会失去自我;受制于自己的功利,会失去人性的品格;受制于呆板的制度,会失去创新。

受制是一种局限,它突破不了自己与他人的心灵、思想、环境而使自己故步自封。

受制与不受制,都是自己思维发出的信号。前者逾越不了自己,后者却能逾越自己并把自己带向广阔的天地。

87 轻浮

轻浮就像飘在心灵中浮萍,背叛了庄重,以轻率与浮躁显示华而不实。

88 诱惑

诱惑是对人性品质的试探,忠诚与背叛、高贵与卑贱……都在诱惑中显现人性。

金权、美色、地位、职位……总会诱惑人,让人失去抵抗而臣服于欲望。

意志坚定的人面对诱惑勇于挑战,而脆弱的人却在诱惑中沉沦。

有一种诱惑是艺术。被艺术诱惑了,是精神意识的回归与审美。文学、诗歌、散文、戏剧、小说、绘画、书法、音乐……都是诱惑的艺术,从诱惑中让人感受精神的魅力以及生活的情趣。

不要被诱惑迷失,即使是最迷人的诱惑,也不要身陷其中,多思考诱惑给自己带来的影响。

诱惑是来自自身的欲望,而真正的影响是让诱惑成为自己奴仆。

89 愚蠢

一种是不理智的愚蠢,一种是聪明反被聪明误的愚蠢。前者缺乏思索,后者思索过头。

知识比愚蠢文雅,智慧比愚蠢聪明。被愚蠢所害,是心智还不成熟;被愚蠢所害,是知识还不能融化于心。

最愚蠢的是固执与虚伪使自己不能自省,把自己带向错误的境地。

看不清自己的人,也就听不到自己内心的独白。看不到自己的愚蠢,也就享受不了智慧给自己带来的好处。

90 虚假

虚假是伪装自己，欺骗他人，把自己的身份漂白，成为真诚的座上客。

虚假是打着公正的旗号，以卑劣手段谋取私利。

内在小人，外在君子。不管怎么伪装，虚假终是小丑。

91 虚荣

虚荣的人把自己看得很高贵以得到他人的赞赏。

虚荣是自欺的一种"高雅"，迷失的一种"高贵"。

地位、权力、名声等都促使虚荣去建立自己的形象工程，以显示自身的伟大价值。它折射出人性的优劣。庄子曾说："人能虚己以游世，其孰能害之。"意思是说，人如果不以自我为中心，放下自以为是，放下偏见和无用的面子，谁又能伤害他呢。继而他又告诫人："不谴是非，以与世俗处。"

虚荣喜欢抬高自己，包括名声、地位、财富……以得到荣光的满足。雨果成名后，曾希望法国政府把巴黎改成以他的名字命名的城市，莎士比亚获得声誉后，曾希望国家授予他整个家族荣誉，而美国总统乔治·华盛顿还要求他的属下称呼他"美国总统阁下"以显示自己显贵。

在物欲中，虚荣是满足卑下的富裕；在精神中，虚荣是满足卑下的高贵，而恬淡与淡泊是治愈虚荣的良药。

92 残忍

残忍是对良知与敬畏的伤害。在封杀了他人的同时，也封杀了自己。

残忍带有凶残、凶恶、毒辣、残暴，它践踏了良知与正义，但残忍终将被正义消灭。

93 冥想

冥想是超越自我的一种想象。

冥想抛弃了欲望、压力、焦虑、浮躁……使自己进入思维精神的空间遨游。

冥想的空间是精神的体验。它熄灭欲念，让自由飞翔。

冥想能达到无上境界，并构建良好的循环体系。

94 学问

学问是知识的累积。

有学问不一定有智慧，但智慧一定蕴含学问。法国美学家阿兰说：“学问能引导我们达到这个境界，只要这种学问没有野心，不饶舌，不急躁。只要它把我们从书本上引开，把我们的目光引向遥远的空间……”

95 知识

知识是人生的钥匙，开启思智的大门。

知识是比物质尊贵的一种精神食粮，知识也是创造物质的源泉。

知识赋予了人的涵养与魅力并开启智慧。

人生是从知识中吸取了经验、思想、技术……并使潜意识得到发挥而获得成功的。

求知是天性，学问是知性。

知识比金钱与权力贵重，它是精神中富矿。

知识被金钱与权力诱惑了，是精神失落了；知识被思想融化了，是精神的胜利。

没有知识，是文化的缺钙；没有知识，是精神的缺钙。

知识让人丰富自己的人生。

96 读书

读书是文化江湖中的儒风，读书也是获得知识与人生进步的文化阶梯。

读书是文化江湖中雅兴与品性。仁、义、礼、智、信，性、情、爱、恨、仇……都在读书的江湖中奠立人性与精神、道义与品格。

读书是文化江湖中的洗练，是文化江湖中的雅致与至纯。孔子的仁、老子的道德、墨子的兼爱、荀子的学艺、孟子的性善、管子的善政、韩非子的法度、朱熹的理学、王阳明的心学……都在读书的江湖中实现人生价值。

读书的江湖有和风煦日，也有风雨寒雪。有人把读书的江湖视为行走在人生的风景线，有人把读书的江湖融入一生的信仰，有人把读书的江湖视为谋取功名利禄的场所，有人把读书的江湖视为闲情雅致，也有人把读书的江湖视为修身养性——而读书的江湖永远背负着真理与道义，它是开启人生幸福的文化江湖。

读书的江湖充满了变数。有人离开了，便不再重回文化江湖；有人离开了，又重回文化江湖；有人始终在读书的江湖中，让自己的灵魂有一个好的出处。

读书的江湖，充满了平静，也充满了喧闹；行走于读书的江湖，有人重新认识了自己，有人忘记了自己。胸襟与气度是由读书涵养的。

伦理是读书江湖中的哲学，启智、开明并触及灵魂。伦理能斩断心魔、劣根、暴力、恩怨、困惑……重回人间的真、善、美。

读书的江湖是由小变大、由弱变强、由劣变美、由乱变序、由愚变智、由错误变正确、由矛盾变和谐、由单元变多元的一个文化磁场。

耕读的江湖永远有着朴实与精进的情怀，在改变中完善自己、锻造自己并推动自己达到文化的高度。

坎坷、磨难、贫穷……是读书江湖中的一种考验与挑战，而意志是读书江湖中的精神力量。

超越是读书江湖中的思想。除了超越自己，更重要的是超越读书江湖中的保守、偏见、固执，在融合中创建一个开放、自由、平等的价值体系。

忘记一本书，重读一本书，都是读书记忆的人生，它会带来惊喜。忘记一本书比记忆一本书容易。只要不去想，书就会淡忘在你的脑海中。重读一本书，是重回到书的故事中，找到自己的美好与信念，即使时隔多年，重读的书始终在你的记忆中。

读书的江湖有乾坤。每个人都处在读书的江湖中，但每个人读书是不一样的，读书江湖也就有了深浅、高低、平坡、贵贱。在一个档次读书与不在一个档次读书显示了学识的高低与深浅。虽然读书验证你的用功，但读书永远保证你的内心的丰富，让你有更多的见识与素养。读书不会与时代落伍，读书让人从低谷走向高峰。即使失败了，读书也能让你不畏惧失败。吴承恩出身小商人家庭，他少年聪慧，博及群书，在家人与邻居看来，吴承恩定会有出息。但他几次科考却名落孙山。是继续科考，还是另找出路，折磨了吴承恩许多时日，最终，他选择了以文为生，以书为伴。晚年，吴承恩凭着自己的才华谋得一官半职，但官场的腐败又让他辞官回乡，专注写作，就此他完成了神魔小说《西游记》。孟郊一生困顿、孤寂，但他的才华在唐人中是一杰出人物。他曾论道："文章者，贤人之心气也；心气乐，则文章正；心气非，则文章不正。"孟郊深知民间疾苦，写出了《征妇怨》《伤春》《游子吟》《感怀》等现实题材的诗歌。他的诗思深意远，言明淡素，被苏轼称为"郊寒岛瘦"，即苦吟的诗人。张九龄在任宰相时遭小人李林甫谗毁而贬谪。远离了至高无上的权力中心，但他始终以读书为他的文化江湖，坚守着良知与正直。"草木本有心，何求美人折。"他用诗表达了自己的高洁与坚贞。

离灵魂最近的是读书，离灵魂最远的也是读书。亲近读书，是心灵的素质；远离读书，是灵魂的素质。读书的欲望比欲望中读书要显得高雅；没有欲望的读书比读书的欲望要显得儒雅。

在读书的江湖中，有习惯、性情、思辨……构建学习心态。它熏陶出读书的性情,也流着思想情感的文字,为自己与他人找到精神的灵魂。

乡关何处澜书香,故人相逢近知音。唐宋的诗人最先以读书营造文化江湖,然后以感遇、云游建立了诗词的故乡、吟诗的国度。迄今我们继承了唐诗宋词,让读书文化更有仪式与古风。

读书的江湖,是文缘的江湖,是创造的文化江湖。唐宋的文化江湖浸淫着情怀与诗意、惜别与唱和。如李白与杜甫、孟浩然、高适,顾况与白居易,白居易与元稹,王昌龄与王之涣、高适,韩愈与孟郊,王安石与范仲淹、苏轼、欧阳修等都在诗歌的江湖相遇、相惜、慰勉,从而开创了独自的艺术风格与流派。"故人西辞黄鹤楼,烟花三月下扬州。孤帆远影碧空尽,唯见长江天际流",(李白)赋予了别情与悠长;"劝君更尽一杯酒,西出阳关无故人",(王维)寄予了深情与感伤;"闻道欲来相问讯,西楼望月几回圆",(韦应物)表达了感伤与情深;"岐王宅里寻常见,崔九堂前几度闻。正是江南好风景,落花时节又逢君",(杜甫)表现了欣喜与悲凉;"圣代即今多雨露,暂时分手莫踌躇",(高适)表达了宽慰与相惜;"莫见长安行乐处,空令岁月易蹉跎",(李硕)赋予了关切与期望;"何当重相见,樽酒慰离颜",(温庭筠)表达了一种深情与寄予。而在白居易与元稹友情中充满着惜别与唱和。白居易与元稹曾一同遭贬,虽然天各一方,但互赠诗词成了他们友谊的桥梁。元稹除了欣赏白诗外,还把白诗题写在通州西寺院壁上。而白居易得知这一情况,便写了一首《答微之》诗给元稹:"君写我诗盈寺壁,我题君句满屏风。与君相遇知何处,两叶浮萍大海中。"以示慰勉与激励。元稹为了表达对白居易的友情,在洛阳与白居易相聚时,题写了《过东都别乐天二首》,其中一首是:"君应怪我流连久,我欲与君辞别难。白头徒侣渐稀少,明日恐君无此欢。"

读书的江湖孕育了文学侠士与大师。从春秋战国的老子、孔子、墨子、管子、孙子、屈原至汉魏贾谊、班固、蔡文姬、曹操、司马迁、竹林七贤到唐代李白、陈子昂、王昌龄、岑参、杜甫、韩愈、白居易、高适、王维、孟浩然、刘长卿、刘禹锡、李商隐、杜牧、王之涣、贺知章、卢纶……再到宋代范仲淹、王安石、晏殊、晏几道、欧阳修、苏轼、黄庭坚、秦观、陆游、范成大、辛弃疾、李清照、贺铸、柳永……都显示了一个读书江湖的众生相与文化的高峰。

读书的江湖看似风平浪静，实则风浪云激。在风平浪静中读书是一种情境，在风浪云激中读书也是一种情境；在坎坷逆境中读书是一种情境，在顺境安静中读书也是一种情境。不论人生是坦途，还是逆境，读书永远是人生最美的风景，永远是读书人的文化江湖。

读书的江湖是广阔的自然天地。天文、地理、湖泊、江河、松涛、草木、天寨、烟雨、沙漠、戈壁……每一处江湖就有每一处的自然景观，每一处的人文印记。

读书的江湖是自己的文化江湖。以记忆复述的读书是思维的印记，以文字书写的读书是心灵的印记，以朗读吟诵的读书是声音的印记。

读书的江湖有着婉约、宁静、从容、清寂、思索的情感和文化元素。一世情长，缘至书香。良辰美景、春花秋月，都在读书的江湖中显示浪漫。

光阴是读书江湖中的黄金。一寸光阴一寸金，寸金难买寸光阴。有多少人知它的无价，知它的珍贵。当惆怅、哀怨、苦楚、忧虑袭来，就侵袭了身体与心灵，让你抵御不了光阴对灵魂的冷酷。

读书的江湖布满了坎坷、困境……它可以让你坚毅与勇敢，让你落魄与绝望，让你迷离与怯弱，也让你醒悟与成长。它触及灵魂的深处，让你刻骨铭心。读书的江湖如沙子淘金一样，经过一道道淘洗，才能洗练出金子。

读书的江湖是一种生活，一种习俗，一种文化。农耕、祭祀、婚姻、歌舞、谚语、服饰、饮食、生养、方言、娱乐、茶艺……都在读书江湖中表现。它承载了民俗的记忆与根，让人有着憧憬与敬畏。"千载奇逢，无如好书良友；一生清福，只在婉茗炉烟"，道出了读书江湖之境。

在好的环境中读书胜过生活的苦难，在苦难的环境中读书胜过生活的优越，在清贫的环境中读书胜过生活的富裕。苦难是读书历史的一枚生活印记，但又是人生的光辉。

读书的江湖是一个自然人文环境的江湖。在茶园读书有茶香书韵，在竹林读书有清廉书韵，在庭园读书有古朴书韵，在亭阁读书有人文书韵，在船上读书有清流书韵，在庙堂读书有禅心书韵，在寒舍读书有奋激书韵，在云山读书有空旷书韵，在山村读书有耕读书韵，在花下读书有美心书韵，在书馆读书有博览书韵……环境构建了读书江湖，读书塑造了气质。

读书的江湖不分彼此，但又分彼此。人文、科学、教育、文学、音乐、书法、电子、美育、地理、化学、物理、生物、医学……在分类的读书学科中构建各自的文化江湖。融合是为了生命的演化、发展、进步，独立是为了生命的精进与美好。

静心读书，是把自己置于一个安静的环境读书，让诱惑、欲望远离自己的心灵，使自己能够明静的、专心的读书并养护自己的心灵。

游学是读书江湖中的地理，是奔向理想的境地，是游走在读书文化江湖中的中心，也是文化江湖的边缘，让自己更有思索与快乐。游学也是人生的课堂，目的是让自己有所变与不变，以使自己跟上灵魂的步伐。孔子、庄子、管子、墨子、孟子、李白、韩愈、杜甫、柳宗元、朱熹、王阳明、袁枚、胡适、鲁迅、闻一多、徐志摩……都用游学构建了心灵的课堂，也构建了自己的学说。游学是生活学习的一种方式，在人文自然风景中获得明静与知识。有人用一生游学，有人用一生行走，有人用一生读书，有人用一生玩乐并夹在文化江湖的边缘。

读书是向善的精神力量，它构建了人的书香气质，构建了灵魂的高贵。在读书的江湖，不管你遭遇多大的挫折，读书会把你带向美好的征程。在读书中成长，在坎坷中成长，都是人生的磨砺。"宝剑锋从磨砺出"无不有着人生启迪。

读书的江湖，思想比苦读重要，比功利重要。读书太多，如果缺少思考，反而显得教条、古板；读书太多，而又思考，让人聪慧、进取。

读一本好书影响人的精神、思想、情绪，读一本坏书也影响人的精神、思想、情绪；前者以光辉的印迹刻在灵魂里，后者以黑暗沉沦了灵魂。一本好书影响人的一生，一本坏书也会影响人的一生。在学术的世界，好书与坏书同样值得研究、探索，它是寻求真理光辉的途径。在童真、成人的世界，好书让人有理想并从中吸取精神营养，坏书却是一道阴影会影响今后人生的轨迹。

读书的江湖不缺风景，但缺的是欣赏与热爱。置身在一个自然人文胜迹的文化江湖，红色的、绿色的、金色的、黄色的……景观、故居、博物馆……构建丰富了一个读书的文化江湖。那些民居、故居、文庙、民俗、科考、茶艺、花炮、玉石、陶瓷、家具、雕塑、刺绣、地质、天文、艺术、自然科学、戏剧、艺术的人文景观就展现在这个世界，不论是历史、艺术、技术的，还是自然科学、综合的，都为每个人找到了文化的历史。在自然人文的文化江湖，有人读到了风物、历史、文化的厚重，有人读到的仅是一处风物，一处游玩之地。同处读书的文化江湖，有人匆匆离去如浮萍飘絮，匆匆过客。有人留存珍惜如玉清冰洁，玉汝于成。

读书的江湖，标着一种名号。名号成了读书人的雅称与文化身份。给自己起一个名号是一种思想情趣，更是一种寓意。在古代，字号、斋名、堂名、别名、昵称……是读书人的雅号，也是读书人的另一身份的文化符号。行走于读书的江湖，各自的雅号便在文字中、江湖中流行。如老子姓李名耳，字聃；孔子名丘，字仲尼；荀子名况；陶渊明字元亮，又名潜，号五柳先生；李白字太白，号青莲居士；杜甫字子美，号少陵野老；陈子昂字伯玉，王勃字子安，王昌龄子少伯，贺知章字季真，号四明狂客；韩愈字退之，自称'郡望昌黎'；苏轼字子瞻，又字和仲，号铁冠道人、东坡居士；王守仁字伯安，自号阳明子，又称王阳明……都显现了古代中国名字的风潮与承继。更反映了作者寄予自己名字的文化思想内涵。胡适、林语堂、鲁迅、巴金、茅盾、冰心、曹禺、孙犁、丁玲、杨沫、老舍……这些名字在读者的心灵中都是光辉的印记，但他们的真名却隐藏于文化的背后，成为了解他们名字的又一文化历史。

读书的江湖是历史、现实、精神的反映。在历史中，读书的江湖有读不完的史记；在现实中，读书的江湖有永远的实践真知；在精神中，读书的江湖有永恒的坚强意志。放弃虚名，是使自己真实地看见虚荣的本质；放弃名利，是使自己享受清淡、简约带来的快乐；放弃诱惑，是使自己迷失的情感思想重回自己的纯真。人生不要被劣根牵引，而要被书香熏陶。

读书的江湖是深入了解一个人心灵的途径。阅读一个人，只要深入他的读书生活，便能找到他的性情、品格、情怀、心境……在他的传记、文章中与他对话、交流，他就是你相识的朋友，可以穿越千年，在先秦、汉唐、宋元……你能见到他在文学艺术里所表现的诗情、文心与执着。即使是现代，你只要在读书的江湖就能遇见你所崇仰的名人，与他交流学习。他是你读书江湖中的映像并植入你的心灵，可以同呼吸、共命运，构建一个和善的文化环境。

读书的江湖是一场精神的盛宴，宇宙、自然、草木、森林、湖泊、江河、阳光、明月……都在精神的盛宴中，让人感知人文环境的气息与博大。

　　读书是涵养自己的人生。读书让人明理、慧智，使人有着书卷气，读书让人了解知识并使自己的人生受益。读书是一盏明灯，既照耀自己人生旅程，也照耀他人旅程。在读书的江湖，人生的留白，是给自己一个思考的空间，从而了解自己，解剖自己；人生的留言，是使自己在这个世界有着思想的语言与文字，实现自己的价值意义。读书是完成人生的一种仪式与方式，它丰富了一种生活，一种文化，让生命更灿烂。

　　读书是人生最贵的精神价值资源，读书让人所念所思，所念是信念，所思是灵魂。苏轼、罗贯中、鲁迅、郭沫若、朱光潜、胡适、钱穆……从书中获得了人生的价值。

　　读书是人生的继续教育，延长了自己的文化历史。读书越多，深知自己知识越少，是明智；读书越少，深知自己的知识越浅，是自知。读书创新丰富了自己的文化，既是娱乐，又是修养。

97 失望

　　欲望的失落，又是重启信心的心灵之门。

　　失望与消沉、报怨、落寞连在一起，一旦达到最坏的情绪，那么失望便会化为伤感并否定自己。

　　失望是心灵阴影，希望、憧憬、勇气却是能够消融失望的太阳。

98 伤痛

伤痛是身心遭受伤害而引发的痛楚。

挫折、暴力、伤害等都会伤及身心，让自己痛苦。愈合伤痛的是时间，治愈伤痛的是草本与良药的物质，是信念与坚强的精神。

伤痛是一种体验式的人生，如果把伤痛视为身体一部分，那么你会对伤痛有一个新的认识，并面对、体验、觉察它，直到消融伤痛。

伤痛在身，需用药疗；伤痛在心，需用心疗。自我疗愈是战胜自己、恢复健康的法宝。

99 怀疑

怀疑是对事物做出的否定。怀疑如果超出理性的界限，怀疑将失去自身的灵性。

怀疑是精神中的哲学，一切谬论、错误都在怀疑中现出原形。

怀疑是创新事物、探寻真理的精神仪器，但又是升华学识的介质。

怀疑对忠诚、对爱情是一种背叛。怀疑在忠诚、爱情中，没有诚实与信任，只会毁灭忠诚与爱情。

100 经验

经验是一种积累,在积累中显示出丰富。老舍认为,经验是生活的肥料,有什么样的经验便变成什么样的人。

技术、知识、思想……在经验中都是参考的物值,并通过实践得到价值。高尔基说:"经验越是多样的,那么经验也越能提高人,而一个人的眼界也就越广阔。"

思维的固化、情感的失意或工作的受挫,都削弱了经验价值的判断并受制于自己的心灵。

自负、自大使经验出轨,使人落入不切实际的想象中,最终毁于自大。

经验带有自利,自利使经验只服从于自己的价值,而排斥其他人的价值。

自我经验只融入自身的价值体系中,但它又是知识、技术的积累。他人的经验,除了融入自身的价值体系外,还可通过传授经验而得到普遍的价值。

没有经验是一种无知,但无知又是获得经验的开始。

保守已有的经验,会使思想保守。仅凭自己的经验做事,会束缚自己的思维。

经验教训使人省悟,除了对错误进行改正外,更多的是在总结以往的经验教训,从而获得更新。

见识、学识都可从经验中获得,但见识与学识又会让经验失去能力,而只对自己的见识与学识做出肯定。

突破现有的经验,使惯性思维解体并获得创新,否则就是一种束缚与羁绊。

经验可复制，但仅是复制，而没有创新，经验只是模式。从复制的经验中创新出另一模式，经验才会得到进步与发展。

101 平等

平等是享有人格、机会、权利的平等，并达到一种共生发展的价值意义。

特权、歧视、垄断是平等绊脚石，它制造机会、环境、权利的不平等，并践踏平等与公正。

良好的政治、社会、法律、文化、经济、教育与政策环境是创造平等的基石。

世上没有绝对的物质利益平等，但有精神利益的平等。

人格的平等，是能找出彼此优劣而趋向相同的价值道德。平等应是人格的独立并彼此尊重信任。

不平等的爱，会带来痛楚与伤痕；平等的爱，却给人以自由与幸福。平等，是双向地使爱得到尊重。

能力、品格、服务、学识、学习……是构建平等思想的精神业态，它为你构建人性的高贵。

平等意识是处世的一种方略，它不以地位、财富、名声等显示自己的优越，而是抱着尊重的心态建立平等。不平等的存在，是因为内心还住着优越、富有，使自己无形中对他人产生一种排斥，也是冲突的导火线，并危及自身安全。

102 尊敬

尊敬是良知中表达出的至善与敬意。

尊敬自己，是对自己的才华与品格予以尊重与赞誉；尊敬他人，是对他人的才华与品格予以尊重与赞誉。

尊敬是一种互利。从尊重自己和从尊重他人中获得利益。

失去尊敬，也就失去了人的德行而自毁形象与利益。

103 爱

爱是心灵最纯洁的液体，她超越一切物质的东西，赋予了精神的永恒与神圣。

爱是心灵的无上权利，有着善良、纯洁、至尊，没有谁能剥夺爱的权利。

爱与生活、工作、情感、文化等融于一体，也就有了人生的意义。

爱比财富、地位、权力高贵。地位、财富、权力皆因爱有了自身的位置。如果权力玷污爱的纯洁，将变得贪婪，最终危及自己、伤及自己，甚至毁灭自己。

爱是情感的果汁，酸甜苦辣都沾着爱的味道。如果失去这一味道，爱就会变得空白。

爱分离自私、嫉妒、憎恨、伤害、虚假……显现出真实。嫉妒与宽容、憎恨与爱、良知与恶劣……都是自身存在的一种情感,如果正面的情感多于负面的情感,那么爱占了心灵的60%空间,如果负面的情感多于正面的情感,那么爱失去了60%空间。

爱使人坚毅、快乐、自由。一时失去爱,并不能说永远失去爱,而只是暂时脱离了爱,潜意识还会显现出来。重启爱是一次勇气,应把关闭的心灵重新打开,让爱的阳光辐射心灵。

负面的情感使人生背负精神的包袱,失意、报怨、痛苦、悲伤、绝望等都在情感中滋生,使心灵变得脆弱、易损,如果爱是负面情感的溶剂,那么,就要用爱减轻精神的负担,并熔炼自己的坚强。

爱是时间见证出的忠诚。从古至今,爱留下了精神、时间的印迹。先秦、汉唐、宋元、明清、现代都传有爱的印记与文化的灿烂。信物、传记、小说、戏剧、诗词等都显示了爱的精神财富。

爱是世俗的,也是精神的。过去、现在、未来,都是爱显示的时间特征。

爱是物质的。在自私中,它是一种物质并被占有,如果超越自私,爱会显示伟大的精神。

爱是尊贵的,它使人充满热情、希望、自由、幸福。

用爱融化一切负面情绪因子,比抗拒更加有效。爱对身心有着愈合伤痕的作用。

平等、尊重是爱的基石。

爱情是从自由中得到的愉悦,从对方身上掘到有益身心的价值。

在爱情中,爱与不爱都蕴含不同的情愫。前者以持续的方式表现爱的永久,后者以短暂的方式表现爱在生命中记忆。因为一段爱情被时光与背叛划伤时,不需要再以原来的爱让自己痛苦,应由自由与热忱构建爱的意义。美国作家保罗·费里尼说:"我若想得到你的爱,就必须放你自由。即便得不到,我也心甘情愿地释放你。我必须愿意向内心寻找爱,而不是向外找。"

爱以包容的业态为各自生命体注入了情怀。它不受制于时间、时空，却是时间的见证者。它见证历史与时代创造的意义，见证物质与精神创造的意义。

爱没有偏见、仇恨、怨恨、怀疑、自私、虚假、嫉妒、歧视、傲慢、贪念、疯狂、毁谤……但人容易从爱中滋生这些坏情绪并毁坏自身的良知。如人的物欲化、世俗化，给爱与精神带来了重伤，包括虚荣、虚伪、贪婪、奢侈、享受等都会给爱带来损伤，最终，也损伤了自己的身心。

爱以担责显示自己的勇气与责任，并融化世间的苦难。

104 开放

开放是迎接美好的未来，让自己赋予精神价值。

开放是心灵、思想、文化的开放，在开放的环境中，迎合各种思潮洗礼。

开放是政治、社会、经济、市场等的开放，在开放的环境中，寻找社会经济发展的指数。

开放是自主的开放。没有自主的开放，也就没有独特的文化与自由。

开放是自身水平的提升。它吸收了先进的管理、技术、文化、思想等并促使自身不断学习以提升自己的文化知识水平与素质。

开放引燃了自身的变革。管理、市场、道德、服务等都在开放中推动自身变革与创新并提升一个新的高度。

开放是各种思想、文化的融合。没有思想、文化的融合，也就没有新的文明与创造。1000多年前，唐朝的思想文化的开放，带来文化的盛世，也形成了 70 多个国家学习唐文化风潮。

开放是物质与精神价值。秦汉开拓出的丝绸之路，打开了中西方经贸、文化的交流之路。

开放是全方位的。而各领域的开放，使各种资源得到优化并发展。开放促带动，开放促发展，开放促提升，开放促变革，开放促繁荣，既是思想意识中的开放，又是行为中开放，让自身更有竞争力与创新力。

封闭、禁锢、排斥、狭窄虽然是开放的天敌，但又促使开放以包容与诚意去打开封闭，构建互惠互利的体系。

105 审美

审美是精神对物质的一种情操反映，也是心灵对美的事物所做出的一种欣赏与体验。

人性之美在尊贵的品格，从亲情、友情、爱情中能感受美好的情操；建筑、陶瓷、音乐之美在民族的风格与艺术，从人文的艺术中能感受美的生活与娱乐；自然之美在天然存在的风景，从风景中陶冶人的心灵并激发创造力。

审美涵养人的情操，培养健全的人格。感知、想象、激情、创造、求真……都是审美中的一种情感并升华自己。

没有审美，也就没有健全的人格；没有审美，也就没有高尚的情操。

审美是对自身做出的求真，它审视、纠正自己的缺陷并完善自身，以达到道德与精神的审美。

106 占有

占有是超出自身理性与利益的范围，臣服于欲望的占有。占有会带来人格的分裂。

占有是精神的奴隶、也是物欲的奴隶。占有没有分享的理念，它是自私自利行为中的暴君，最终，会失去自己占有的领地。

107 赌博

赌博是游戏自己的博主，也是游戏人生的博主。

以赌博游戏自己的人生，人生也会败给赌博。当把爱情、亲情、生活、事业、权力等都纳入赌博时，已注定人生的失败和利益的损失。

赌博与赌性有关，而赌性是人的劣根。当这一劣根爆发时，会摧毁自律。落败的时候，也是赌性熄灭的时候。智慧的人从不把赌性放在生活中，即使深陷困境，也会用理性、勇气与信仰驱逐黑暗，把自己带向光明。

巨赌尽管有一夜暴富、名利兼收的运气，但终究会在赌博中失去一切。

最刺激人生的是赌博，最游戏人生的是赌博。赌博以最快捷的方式赢得利益，也会以最快捷的方式失去利益。

每一场赌博，是人生的一场游戏，虽然有规则，但潜藏着暗流、搏杀、竞技、残酷……在不经意或疏忽中败给了对方,也败给了自己。

赌局是人性的江湖,也是脾气的江湖。赌博知性格,知性情,知德行。在赌局中,心境与牌技决定输赢、胜负。性急、暴躁、指责、悔恨、疯狂、沉稳、和气……都从牌局中看出。赌局不是一人的赌局,而是若干人的赌局,在四人的牌局中,有麻将娱乐、扑克娱乐等,麻将没有坐庄,是各自出牌,直到一人和牌为胜;而扑克是坐庄与下家的对决,庄家是一人,下家是三人,在牌运、牌技及配合中,要么庄家赢,要么下家赢。赢的人,有霸气的,失控的,也有谦逊的……而输的人有报怨的,责骂的,也有平和的,因为关乎利益。赌局最易爆发各种情绪。

赌博藏着不为人知的规则隐情。制定规则的庄家,永远偏向于自己的既得利益。在现代赌场,赌场成了庄家吸金的游戏场所。它是一场不公平的游戏,庄家就在赌场游戏中成为最大的赢家。曾有人道出了赌场的隐情:"论理性,没有人比赌场老板更理性;论数学,没有人比赌场老板请的专家更精通数学;论赌本,没有人比赌场老板的本钱更多;如果你想赢得这场赌局,法则只有一个:不赌。"

诱惑,是赌博的精神盛宴,让赌博的人更具刺激、娱乐。博戏还没尽兴时,就一直在诱惑中沉浮,当山穷水尽时,诱惑也变为了空白。而一个输尽了财富的赌徒,终将也把自己的一生输掉。

在赌场,时间长与时间短,预示了赌徒人生的一段开局与结局。没有谁玩得过赌局,玩得过庄家,玩得过自己的赌性。进入赌局,都将输给赌性、输给贪婪、输给时间。

108 缺陷

完美与缺陷，既是人性的优点与缺点，又是人性的善良与卑贱。

人有优劣，物有优劣。缺陷中有完美、完美中有缺陷，都丰富了人生的价值意义。

109 丑貌

丑貌是人生形象中一种缺陷，是对自己的人生巨大打击，但丑貌却蕴含了强大的自尊，使之在进取中寻求到另一生活艺术之美，并平衡了自身丑貌的缺陷。纵观历代的许多名人，如米开朗琪罗、贝多芬、托尔斯泰、奥斯特洛夫斯基、林肯、罗斯福、布朗、萨特、霍金等都带有身体外貌的缺陷，但恰恰是缺陷淬炼出一种坚强、意志，并打造出一种精神，也正应了培根一段话："身体的缺陷者往往有一种遭人轻蔑的自卑，但这种自卑通过努力弥补先天的缺陷，也可以是一种奋勇向上的激励。"

丑貌并不代表自身的丑陋，但丑陋一定背负心灵阴影，包括自卑、自负、压抑、忧郁、怯弱、疑惑、暴躁、报怨等都会使自己处在一个劣势中，并影响自己的未来。列夫·尼古拉耶维奇·托尔斯泰是19世纪俄国著名作家，他写出了许多有影响的作品，例如《安娜·卡列尼娜》《复活》《战争与和平》等作品奠定了他批判现实主义大师的称号，列宁称他是"俄国革命的镜子"。而名声背后，却是他付出了许多心血的结果，也蕴含了他一种自尊所表达出的潜能与励志。他性格孤僻、敏感，而面容的丑陋，更显示出他的自卑与自尊。有人形容他的形象时说："他的眼睛凹陷狭小、额头扁窄，双唇肿厚，狮子鼻，一对如大猩猩般的招风耳朵，简直丑陋无比了。"他曾对自己的丑陋困惑过，但最终托尔斯泰战胜了自卑，以勇气挑战丑貌，以自尊表现自强，并以读书的方式升华了品格。他写出了小说《哥萨克妇女》《袭击》以及小说集《塞瓦斯托波尔的故事》。最终，丑貌的他也随着名气淡化了缺陷，也随着时间推移消融了他的自卑，他开始把更多的时间投入到文学创作中。在写《战争与和平》时，他先后读了700余种历史著作，写了50多年的日记心得，先后修改了10多次，在对人物描写时，反复酝酿、提炼，而且7易文稿，字数达120余万字，是时间跨度最长的一部小说。福楼拜曾评价道："这是一部第一流的作品，作者是一个多么伟大的艺术家和心理学家。"

丑貌是自身形象中的阴影，但心灵能修养自己的气质。因为心灵蕴含了自信、自强、自尊、信念、意志、坚韧、自爱等灵魂的因子，是弥补丑貌缺陷的良药，并使身心趋向完美。贝多芬是一位音乐大师，但形象却很丑陋，曾有名人写道："贝多芬身长五尺四寸，大脑袋，脸皮粗糙、赤茶色并且有疮疤，扁鼻子。头发多而黑，散乱。刮风时，他的头发被吹得如火焰一般。"他的天生缺陷，丝毫不妨碍他的音乐学习与创造的能力。他出身音乐世家，很早就表现出极高的天赋。4岁时，他就跟父亲学习音乐，小提琴、钢琴、风琴、古键琴等乐器，他很早就会演奏，后来，他又跟海顿、莫扎特学习作曲。贝多芬在拜师莫扎特时，莫扎特曾要他弹奏自己的新歌剧的一段曲子，贝多芬轻松地弹出。莫扎特听后不由得发出惊叹，并对在座的朋友说："各位，请留意这位年轻的朋友，将来有一天，他的名字会传遍全世界。"莫扎特对他的预测，在后来贝多芬的音乐演奏中得到验证。在25岁时,是贝多芬人生的一次重大转机,他登上了维也纳歌厅,首次演奏了自己的作品,他用旋律征服了现场所有观众,一举成名。然而,他在达到音乐顶峰时,却双耳失聪,显然对他的音乐创作是一次重大打击。愤怒、绝望、消沉、失意等不好的情绪无时不困扰着他,但另一生命的强音又使他去面对、挑战自己的命运。艰难的时刻,他拿着一根小木棍,一头咬在嘴里,另一头插在钢琴的共鸣箱里,以达到能"听"到音乐的声音。他常常用棉花蘸着药水,塞在耳中,外缠着一层纱布,希望能对自己的病情有所缓解。车尔尼曾去看望他,见到他的样子,也不由地对人说:"这人不像欧洲的大音乐家,倒像漂流在荒岛上的鲁滨孙。"他曾租住一家旅馆,每到弹琴时,他会洒落一地的水滴,而水顺着地板的缝隙流到楼下,因此引来旅馆主人对他责骂。尽管弹琴并不是故意发泄怨恨,但他没有说出自己苦衷,他就这样默默地承受着,其中的痛苦只有他的心与手知道,因为他每到自己弹琴手就常常会发热,便会在钢琴边放一盆冷水,一旦手发热,他便把手浸在冷水中,以消解发热。等手冷却后,他又会继续弹琴,由于动作激烈,有时便打落一盆水洒在地面上,使下面的租客动怒责骂。他唯一选择的是离开旅馆,这既是对自己的尊重,也是对他人的尊重。他对音乐的热爱超越了自己超越了灵魂,他对自己说:"我一定要克制我的命运。"在以后的人生中,他用生命的激情创作出《命运》《田园》《热情》《庄严弥撒曲》等乐曲。

丑貌是上帝给自己的一种人生不公平,但不是永远的不公平。因为丑貌的最大潜能是催生出意志,催生出自强创造的精神,并成就自己。

报怨丑貌是对自己的一种惩罚,而丧失美德是对心灵的一种暴戾。丑貌中多一点自尊,便是对自己的一种激励;丑貌中多一些热情与信仰,便是对自己的一种欣赏;丑貌中多一些意志与执着,便是对自己的一种精神回望；丑貌中多一些包容，便是对自己气度的肯定。休谟曾说："自然赋予人类无数的欲望和需要，而对于缓和这些需要，却只给了薄弱的手段。人只有融入社会，才能弥补他的缺陷。"

米开朗琪罗是意大利文艺复兴时期的画家，他容貌丑，背驼，性情孤独、犹疑。罗曼·罗兰对他这样描述："他中等身材，宽肩阔背，四肢发达，肌肉扎实。因劳苦过度，身体有些变形，走路时昂着头，佝偻着背，腆着肚子……他脑袋滚圆，额头方方突出，布满皱纹。头发呈黑色，不很浓密，蓬乱着，微卷着。又小又忧伤但却很敏锐的眼睛，颜色深褐，有一点黄褐和蓝褐斑点，色彩常常变化。鼻子又宽又直，中间隆起，曾被托里贾尼的拳头击破。鼻孔到两边的嘴角有一些深深的皱纹。嘴巴很薄，下嘴唇微微前伸。颊稀疏，农牧神似的胡须分叉着，不很厚密，长四五寸，腭骨突起，面颊塌陷，圈在毛发之中。"其实，他并不是天生这样丑陋，而是由于对画画的执着与热情，使他变成了一位苦行僧，使他的容颜、身材发生了改变。据载，他从13岁起画画到临终前，他的画笔从未停止过。在31岁时，1508年，他被尤里乌斯二世召到了罗马西斯廷礼拜堂的穹顶画壁画，他自己搭脚手架，屈身作画，整整画了4年多。最令他不快的是，有时从高架上下到了地面，当要脱掉靴子时，却无法脱掉。原来他因长期屈身于穹顶作画，腿部发生了浮肿，靴子与皮肤粘连在了一起，他只好用刀割开靴子，甚至还连带腿上的皮肤也被划破。他作画从不要人观看，并拒绝他人的探视。即使是教皇，他也不容许观看，有时还会顶撞教皇。这对教皇的权威是一次挑战，因而受到惩罚，教皇常常用权杖来打击他。为此，米开朗琪罗逃离了多次，但最终，教皇以金币及道歉的方式又迎接他回西斯廷礼拜堂作画。他曾写诗道："我的脖子因紧张长了瘰疬，像喝足水的伦巴第的猫一样。肚皮有时紧贴着下巴，胡子竟然翘向苍天。脸孔活像一块调色板——水彩顺着画笔往脸上淌。大腿不时顶进了肚皮,屁股只好悬挂在退档。前胸的筋肉伸得紧绷绷的,眼睛看不到几步远的地方;后背的皮肤挤得褶撩褶,后脑勺挨到自己的脊梁。身体蜷曲得像叙利亚弯弓,我两眼发花,头昏脑涨……"虽然语句夸张,但显示出他的坚韧毅力。当他的《创世记》完成,成为教堂最耀眼、最恢宏、最富丽、最庄严的地方。他在穹顶一共画了340多人,充满了生命的激情与力量。拉斐尔站在穹顶之下,也不由地发出赞叹:"有幸适逢米开朗琪罗时代的到来。"

110 骄傲

骄傲是一种自豪感,也是伟大的自负,是以谦卑做垫脚石来抬高自己。巴普洛夫论道:"决不要陷于骄傲,因为一骄傲,你就会拒绝别人的忠告与友谊的帮助;因为一骄傲,你就会在应该同意的场合固执起来;因为一骄傲,你就会丧失客观方面的准绳。"

有一种骄傲值得敬仰,就是用心血与奋斗获得的成就。

有一种骄傲值得尊重,就是用品格铸就的光辉。

有一种骄傲值得弘扬,就是用优秀传统构建出的精神。

常以骄傲自居,品性会失于自大与自负。

111 面具

面具是伪装自己的道具。

面具隐藏、掩盖一种真实,并使自己的心迹不暴露于大众面前。

外在君子、内在小人是一种面具。

面具掩盖自己内心的丑陋以此塑造美善之形,而伪装久了,将被真实撕毁面具,让自己的卑劣置于公众之下。

面具在特定时代,是自己的护身符,通过隐身、潜伏而获得人生价值。

双面人不是生来就有,他们在社会生活的环境中把自己演变成了双面人。他们带着势利的面具,也带着和善的面具,让人不易发现他们内心世界的丑陋。他们的内心纠结,一边是向善的一面,让自己的灵魂有所拯救;一边是自私、贪婪的一面,让自己的灵魂有所放肆而又不得安宁。

双面人在天使与魔鬼中转换着角色。双面人挣脱不了自己魔性,活得很累,因为他被魔性折磨,只有被他人或自己揭开面具,才会面对自己的丑陋。

活在真实中比活在虚假中更有尊严与仪式,即使身份高贵或身份很普通、平凡,都使自己的生活丰厚。

一切的隐形,都以面具塑造人性的高尚与卑贱。放下面具,是人性的一种高贵。

112 欲望

欲望是自我利益的渴望与要求。

欲望成就自身的伟大，也焚毁自身的伟大。卢梭在他的《爱弥儿》书中写道，你什么也舍不得牺牲，结果你什么也得不到，由于你一心追逐你的欲念，结果你是永远也不能够满足你的欲念。

权欲、物欲、性欲、食欲……都是欲望的权利。它延伸了欲望的意义。欲望太大会自毁前程与利益。以贪婪获得的财富终究竹篮打水一场空。

欲望的本身是一种聚集的能量，它驱使自己去达成渴望，并享受欲望意义。

没有理性的欲望，会扩张自身的权利而损毁身心。而理性的欲望在控制情感理念中能拓展出事业的天地。

冒险是欲望的机会，激情是欲望的活力，膨胀是欲望的卑劣。如果驾驭不了物欲，那就用精神驾驭。

满足欲望比无尽的欲望更有获得感。每一次的欲望满足，也就促成了新的欲望在渴望中实现。爱情的欲望不是禁锢，而是解放与自由，也就是让自己的欲望趋于良性的渴望，在享乐中实现自身意义。

113 意志力

　　意志力是自身强大的精神。它潜藏在意识中并通过人生经历的磨炼而达到一种最强大的力量。
　　意志受精神意识影响。痛苦、脆弱、挫折、责任、勇气、坚毅、自信、自制……都决定了意志力的强弱。如果负面多于正面的情绪，意志将被负面因子削弱；如果正面多于负面情绪，意志将得到增强。
　　意志力是催生强大的力量，它抵御脆弱，为生命找到强大的能源并使自己成功。

114 宁静

　　宁静是克制浮躁、烦忧的精神溶剂。
　　宁静是藏在心灵的恬淡并修养身心。宁静在风轻云淡中显致远，在环境中达向至善。

115 创造

　　创造是对物质的创新以延续自己精神的传承。
　　思想是创造的源泉，是取之不尽、用之不竭的精神元素。

创造是人生的一座金矿。

116 价值

价值是物质与精神存在的意义。认同、遵从是一种价值，反对、排斥是一种价值，但都赋予了价值对心灵的作用。

自我价值与生命价值、道德价值连在一起，并完善人生价值。

价值能检验自身的能力水平，检验自身道德素质。

价值被理念复制，价值被主义倡导，都是对价值做出的肯定。

价值的冲突是因为理念、文化取向不同。

对价值理念不认同，即使有卓越的才能、出色的管理能力，在企业领导人那里也会被排挤在外；而价值理念相同，即使技能、管理逊色，在企业领导人那里也会容纳于内。

117 利益

利益是自身价值与他人价值中创造出的人生财富。

让利于他人，不仅使他人受惠，自己也是最大的受惠者。

利益使人才、技术、研发、产品、品质、市场、服务等实现最大的价值。

利益趋向于道德会达到互利互惠。

惠及他人永远使自己得到利益。

118 信仰

信仰是一种精神，是肉体与灵魂结合出的一种至上的精神理念。它以道德为基石，寄予了高贵的灵魂。

信仰把自己托付给了虔诚，然后得到一种最坚定的勇气与崇高。

信仰在精神中是无上的力量，驱使自己献身于理想主义。

信仰有着拯救的功能。如果相信所信仰的精神是一种道义，那么，就会使自己用道义拯救心灵的卑劣。

宣称最信仰的人，也可能是真诚的，也可能是虚伪的。但是行为能看到信仰的虔诚与虚假。

信仰是精神体系中最大的潜能量。信仰中的某种暗示、启迪都为自身找出了一个希望、诉求。人不能失去信仰，它为人点燃了一盏明灯，并照耀着自己的未来。

一切自然信仰，都是打开自己视野的一片天地，让自己获得成长与发展、文明与进步。

道德信仰永远是精神的风向标，它是评判人的道德标尺。如宽恕与指责、尊重与诋毁、质朴与虚伪、谦逊与傲慢，都显示出美善与卑劣。

真理与谬误、智慧与愚昧在信仰中发生冲突，而赢家却是真理与智慧。因为谬误与愚昧看不到自己的缺点，而真理与智慧恰恰看到了自身的缺点并加以改正。

爱升华信仰，信仰让爱更纯粹。拉罗什富科说，在灵魂层面，爱是一种脆弱，信仰升华爱。

119 时代

时代是穿越岁月的艺术。穿越商周，让人领略青铜时代的光彩；穿越唐宋，让人领略诗词书法艺术的黄金时代；穿越欧洲的中世纪，让人领略文艺复兴时代的光辉；穿越现代，让人领略信息、人工智能社会的科技之光。

时代是现代的元素。工业时代、信息时代都体现了时代元素中的时尚、科技、文化。

各个时代都有自己的风云人物并留下光辉的印象。

时代与历史、时代与个人、时代与事件、时代与命运等都是相连的，并丰富了社会人生意义。

记住一个时代，也就记住了生活。不论是经历苦难，还是坦途，都对自己人生有着深刻的意义。

时代需要英雄与楷模。忘记英雄的时代，时代没有人生的仪式与崇仰，最终会衰落一个民族与尊严。

120 现在

现在是人最有意义生活，如果人放弃了现在，那么也就丧失了当下的生活。

珍惜现在，也是珍惜自己的当下生活。

不被虚度迷失的是勤奋，不被浮躁裹挟的是沉淀，不被名利牵引的是淡泊。现实让生活更有仪式与美好。

抛弃幻想，是接近生活的一种真实；抛弃昨天，是生活现实中的一种享有。

返回过去或意想明天而把现在忘记了的人，都是遗忘了自己的灵魂，它恰如海市蜃楼一样被天空抹去。

把握现在，也就是把握存在的时间，让自己有所珍惜；把握现在，也就是把握自己的命运，让自己有所开拓。

在时间中徘徊的人，容易被现实排挤；在时间中浪费的人，容易被现实抛弃。

我们不能抵抗光阴，但能抵抗懒散；我们不能抵抗现实，但能抵抗卑贱。

内心的光明永远使现实充满力量与快乐。

121 优雅

优雅，是灵魂外表中一种气质，教养培养出的高贵，身体散发出的魅力。

122 敬畏

敬畏是崇仰与畏惧的结晶，道德与精神的尊重，谦逊与自省的修养。

123 赞誉

赞誉是得到精神的奖赏而获得的人心。

赞誉既是对他人发出的一种善,也是一种欣赏与激励。

赞誉比恭维更有温度与真情。

124 信任

信任是心灵发出的良知,以建立共同的道德利益价值关系。

信任源于自身利益,当自私不能使自己获得更多的利益时,就会寻求与他人的合作以达到互利共赢。

信任的基石是诚实,一方的不诚实建立不了信任关系,只有一方的诚实也建立不了信任关系,只有双向的诚实关系才能达成互惠。

信任维系双方关系的稳定并创造美好,而失信却破坏双方关系的稳定,把自己带入危机。

怀疑是对信任的打击,使自己的利益受损。

125 谬误

谬误容忍不了真理的存在，把自己交给了伪善。

126 语言

语言是情感、认知、联想、传递而达成的意义。语言是思想、行为的表象。

只听美言，而不听谏言，是因为心灵还缺席一位思想之神，使我们臣服于虚荣。如果知道思想对心灵、语言的价值作用，那么，你就会建立思想体系，让自己倾听最朴素的语言。

良言与伪言的区别是，良言带有诚善，而伪言带有虚假。最不动听的话，却给人激励，那是良言；最好听的话，却带奉承，那是伪言。

127 灵感

灵感是从思想情感中跳出的精神物象，它就像小精灵，躲在潜意识背后，一旦被刺激，它就会出现在你的思智中并创造另一生活的艺术。

灵感也是精神的业态,它吸取了生活艺术的养料并与思想、情感、心灵、身体融于一体,孕育新的精神物质。

理性孕育不了灵感,感性却是孕育灵感的沃土。

灵感比意识更富有创新活力,它是意识的飞鸟。

128 思考

思考是精神的力量,它是源于生命意识的一种智慧,有着无穷的精神活力。

思考从知识、技术、经验、文化中吸取有益的养分,以独立的精神与思索考问人生所遇见的各种问题,并解决它们。

创新从思考中得到发展,知识从思考中得到提升。

129 情感

情感是情绪的精神反应,是理智的源泉。

情感让人真实地体验与展现自身的性格与品质。

情感是自己的精神容器,也是他人情感反射到自己身上的感情容器。

转化消融负面的情感,是精神的胜利。情感就是从痛苦转向欢乐、从怀疑转向信任、从压抑转向释怀,从冷漠转向热情中获得的一种明智。

感受过痛苦与悲伤的人,才能体验到快乐的意义;感受过挫折与坎坷的人，才能体验到成功的意义。阿尔伯特·卡穆斯认为，人生要感受到泪水的存在。

情感的付出与付出的情感，都是对情感做出的奉献。

情感是双向的心灵的互赠，付出为情感找到了意义。

130 变化

变化使生命获得了进化、生存、发展。思想、历史、人文、自然……都是变化的结晶。当物质精神发生改变时，新的事物就会成长、发展起来并适应历史与时代的检验。

变化是一种改变，是精神合成的元素。情绪失调是把自己交给了阴影，如焦虑、害怕、嫉妒、报怨、憎恨……都因固化在负面的情绪中，当不能适应正面情绪的改变时，便会引起身体的失调，也就把自己带向了黑暗。

最强大的生物与最弱小的生物，同样需要变化，促使自己拯救自己。历史上许多强大的生物，如恐龙因不能变化，使整个种族灭绝了。

变化是潜意识的改变，是环境的改变，也是身心合乎自然的和谐变化。四季轮回，血液循环，在互相转化中建立了生命体系。

变化是物质的变化。宇宙、自然、阳光、大海、森林、草原、小溪、沙漠……都在变化中丰富了世界地理。如阳光散发出的七彩之光，大海的波浪、潮汐都在变化中显示出自然的美丽。变化让物质活跃起来，直至融合在自然中。

变化是人生的成长。从成长中你能看到不同时期的自己，有幼稚、怀疑、模仿、害怕、争执、落寞，也有本真、朴实、勤学、自爱、自强，就在不同时期的变化中完成了人性优劣的淬炼。

没有变化，是禁锢在固执、愚昧中，它不能改变自身的困局。在禁锢中落难。

变化是一种求真。推翻了自己与他人的已有的学说，是一种求变；对科学不断的探索是一种求实。变化，你才能找到真理。

131 孤独

孤独是身心与环境的一种独处。

孤独为自身的体验找到了生命的奇妙。

孤独是自己独处的心灵空间。从灵魂中找到自己的本真，从遐想中寻到美好，从自省中寻到良知。

空虚与无聊是孤独中的一种心灵贫乏，它使人缥缈、虚幻、忧伤、堕落。

孤独不是活在自己的世界中，而是用孤独去构建人生的意义。图书、电影、瑜伽、武术、登山、散步……都可与孤独相伴并实现自身的价值。

孤独让人发现伟大。与时间独处，是灵魂向内的持恒；与自然独处，是灵魂向外的淡泊；与历史独处，是灵魂向外的求索；与真理独处，是灵魂向内的思考。

132 潜意识

　　潜意识是精神的业态，它一直深潜在精神体内，唤醒内在的良知并预测与避险，让你重启信心与未来。

　　潜意识是一种心智的暗示，它能对某一事物做出灵活的变化。如焦虑、畏惧、烦恼、恐惧、愤怒、报怨、贪婪……都是显意识中不好的情绪，身心一旦被其缠绕，就令人无法安宁。要摆脱这一困境，必须借助潜意识的力量去消融它，因为潜意识是唤醒负面情绪的因子，它会启动内在的良知，并担负拯救任务，让你摆脱困境。

　　一切的暗示、抑制、接受、抵御……都是潜意识中的灵魂因子，为生命找到意义。

　　唤醒潜意识，必须控制原始的冲动、野蛮、贪婪，释放良知与友善。

　　潜意识是显意识刺激出的力量，显意识是潜意识中反映的物象，潜意识从显意识中获得应急的机制并完成精神的指令。

　　潜意识如夏莲，沉于池塘下，用宁静与孤独持守精神。当成长与发展的意识在时间的水中萌发，它就会凭借这种力量占领整个池塘并绽放美丽。

133 灵与肉

柏拉图曾说:"灵魂出自理念世界的精神实体,而肉体只是灵魂的暂时的居所。"解释了灵魂与肉体的区别,肉体因灵魂赋予而灿烂。

灵魂包括勇敢、仁爱、智慧、忠诚、敬业、诚实、勤奋、正直、包容、恬淡、谦虚、尊重、善良、自律等显示精神的内涵,是创造力诞生的地方。肉体显示物质生命的表象,灵魂唤起它的知性并赋予生命意义。

灵魂寄在高尚的人身上是光芒,寄在卑劣的人的身上是救赎。历代的名人,如白居易、范仲淹、王阳明、陆游、辛弃疾、龚自珍、鲁迅、梅兰芳……从灵魂中构筑出生命的价值与精神。

灵魂与肉体,一个是精神的,一个是物质的。灵魂是看见过去、现在、未来的灵性之物。而肉体却是体验情感的一种物质,当它沉浸于物欲享受时,灵魂就被遗忘一边,被魔性吞噬。当灵魂唤醒堕落的肉体时,肉体能觉察到灵魂的声音在传输一个美好的信念,由此开启德行的光芒。

灵魂超越自我,以永恒赋予肉体精神。肉体在灵魂深处能升华高贵并为人找到道德的信仰,找到生命创造的精神价值。

生命肉体的消失,是告别灵魂的一种仪式,灵魂却为生命安放了魂魄。而名声久远是灵魂为生命延续的一种精神,永远有着人生的价值意义。

134 梦想

梦想是对美好的事物的憧憬与渴望。

梦想是理想之光,幻想是虚幻之影。

梦想是一种心境,它承载信念、意志、坚强、理想并达成自己的境界。

梦想是思想灵鸟,它寄予了追求、希望,直到实现自己的价值目标。

梦想在人生旅途中开启,即使陷入困境,也会把梦想化为信念并抵达坦途。

135 责任

责任是对人生负责。

责任用担当实现价值,用使命奉献自己。

责任是获得成功的一种重任,是重任中打造的成功。

责任包含了爱、忠诚、自律、良知、尊重、习惯、坚守、信念、觉悟等并以一种使命感完成自身的价值。歌德认为,责任就是对自己要去做的事情有一种爱。

坚守责任是生命的自然价值,承担责任是生命的精神价值。

坚守是灵魂的仪式,承担是道德的仪式。

责任比能力显贵并胜过能力。能力缺失可通过学习弥补,而责任缺失无法弥补。

责任承载着压力、屈辱、考验。失误、错误、失败能考验责任。敢于承担错误、失败，是一种勇气，也是对自己的挑战。它不仅对自己的良知负责，而且还对使命负责并构建人生的价值意义。

生命旅程是由责任出发的，对自己生命的负责，也是对家庭、社会的负责。责任能感悟和体验每一段生命旅程的价值意义。

权力越大，责任越大。

136 人工智能

人工智能是人创造出的一种智慧机器，能对外部的信息进行认知并做出合理的判断、决策。它替代了人的繁重、危险工作，把人从烦琐中解放出来，而获得自由价值。人工智能大数据、人工智能教育、医疗、金融、人工智能机器人……都是科技创新出结晶。随着人工智能在电子、航天、船舶、汽车、化工、机械、食药品、包装等领域的运用，使从事技术操作、分拣、搬运等工作的人从重复繁杂的工作中解脱出来，让人工智能机器人替代人的工作。

思考是人的思维天赋，是创造之始。人工智能被人赋予了一种能力并扩展了人的生活。人工智能让人的生活工作信息化，包括人的消费、购物、医疗、娱乐、旅游等都在大数据中，而人从大数据中获得精准信息，享受生活服务的便利。企业的产品设计、生产、工艺、市场营销、服务等根据大数据获得信息，达到精准的营销与服务。商业企业通过商品指标数据、商品交易、评论以及消费者的习惯、爱好等信息，制订个性化的销售计划。互联网企业更是从运营的大数据中找到最佳的盈利模式。现在，人工智能在金融、教育、医疗、政务、物流、咨询等各领域显示出强大的功能，远程教育让人共享优质的教育资源，远程医疗让人享受先进的医疗服务……大数据改变了人的生活，使人感知、体验数据中温度。如智能房屋，只要在空调室内安装传感器及软件程序，就能远程控制室内的温度、湿度。

人工智能引发技术、人才、产业、结构、模式、教育等变革并达到利益价值最大化。传统行业借助人工智能实现利益价值最大化。在食品生产线，原先需要几十名的食品灌装工人，现在只需一部人工智能机器人就能完成几十名食品灌装工人的任务。汽车喷漆、化工熔炼、矿山排爆等危险的工作，都出现了人工智能机器人的身影。

人工智能推进了社会生产力的发展，解放了人的思想并创造了人的高品质的生活。如人工智能机器人能充当人的教师、助手、翻译、保姆等角色，使自己的生活更加休闲、自由。

人工智能能抵达渴望的目标并实现最大的价值意义。如自然灾害和食药品的监测、预警、控制，金融风险控制，交通线路优化，法律案件量刑，交通责任事故划分，医疗诊治等方面，都能通过人工智能进行预测、分析、选择与决策。

人工智能是人类文明的进步。传统工种失去，意味着一个新的职业与流程的诞生。在人工智能中，未来或许有翻译、记者、编辑、秘书、会计、咨询师、快递员、驾驶员、保姆……面临失业的状态，但人工智能又会孕育新的产业与新的职业并赋予了工作创造的意义。

设计人工智能是一种智慧与责任，管理人工智能是一种道德与法治。

人工智能是科学的进步，也是道德责任的升华。让人工智能发挥得更合乎人与自然的和谐，是一种真理；让人工智能更合乎道德，是一种责任。如科研人员应坚守良知，在人工智能程序设计中，加载纠错机制程序，使其具有正确价值观与道德规范。如人工智能或人违背了道德规范、指令，就能自动识别、自动纠错。人工智能一旦接受恶意的指令，包括对隐私的侵犯，对人的攻击、威胁等，人工智能能自动启动自毁装置，排除隐患。爱因斯坦曾指出："科学是一种强有力的工具。怎样用它，它究竟是给人带来幸福还是带来灾难，全取决于人自己，而不取决于工具。刀子在人类生活中是有用的，但它也能用来杀人。"显然，道德比智慧高贵。

智能时代让人工智能更能深入工作与生活的领地，让人感知快节奏的工作，感知慢节奏的生活。

人工智能学习提高了智能机器人自学习的能力，深度学习使智能机器人对图文、声音等数据能进行自觉学习并获取数据、学习任务，做出预测、分析、处理、判断。如人工智能学习利用语音、语义识别、图文识别等深度学习技术达到教育测评、评估及决策的能力。人工智能的学习是对完善自身价值的教育与成长，深度学习让人工智能更有意义。

人工智能对教育是一次变革。人工智能教育改变传统的教育方式，包括学习内容、教育评价、教育管理等，使教育资源配置精准合理，实现线上线下智能化教育的统一。如智能教育可根据学生个性化特点，制定学习方案与不同类别课程系统，实现人机互动，记录学生的学习数据，测评学生自主学习能力，解答学习疑难问题，达到自适应学习的应用，并替代部分教职员工。

人工智能是时代机遇与挑战。人工智能挑战的是对现有的法律的挑战，对道德秩序的挑战，也是对人的现实观念的挑战。机遇赋予了创新与发展；挑战赋予了勇气与革新。如人工智能虽然带来了技术的革新，但也遇到了新的问题，包括人工智能机器人的法律身份界定、数据信息安全、个人隐私保护、技术标准、人工智能创作著作权的认定等都是现实的问题，而人工智能立法为人工智能提供了政策的保障。

人工智能为文艺提供了广阔的创作空间，也为人提供了丰富的精神食粮。如人工智能机器人能创作诗歌、散文、小说、戏剧、绘画、音乐等作品，能催生出新的艺术形态并按照人的审美理念，实现和达到艺术人文的精神境界与高峰。而人工智能的创作与审美离不开人的道德情怀引导、规范和注入，如果人工智能脱离了人的审美，人工智能将把人引入歧途，在肉欲横流、精神贫乏的世界沉沦，最终，摧垮人类建造的精神文明。斯蒂芬·霍金曾指出，未来的人工智能意志可能存在与人类意志相冲突的隐忧，其规范管理同样需要人文精神的介入与引导。这对设计人工智能的科研人员有着很重要的道德精神启示意义。

人工智能是经过各个时代文明技术孕育出的结晶。失去人工智能的时代，是失去了美好的机会；失去人工智能的时代，是把自己输给了未来。

人工智能是道德、法治、程序等建立的物质流程与精神法则。失去道德法治的程序会毁灭人工智能及人类的文明。

人工智能开启了智能时代，赋予人创造精神。人既是人工智能的创造者，又是人工智能的拥有者和享受者。人工智能让人更有追求、更有一种精神与自由。而社会的安全、道德、法治、文明等是由人与人工智能建立的新秩序。人因掌握人工智能而伟大。

137 永恒

永恒是精神意识中的一枚钻石。

永恒也是精神传承，诸如爱、品格、仁义……在传承中显示永恒的精神。

138 机遇

机遇是预见产生创造力及财富的一种机会。
机遇孕育成功,心智决定机会成功。
发现机遇是一种眼光,创造机遇是一种智慧。

139 闲游

闲游是放下杂事与心灵的包袱走入自在的境地,无意、心空、游走使闲游充满了惊喜。
闲游带有倾向,对有些人来说是一种无聊式的消耗,对有些人来说是一种意义式的消耗。

140 贫穷

贫穷是人生命运中的不幸,但又是达成富有的基石。
心灵的贫穷影响精神,物质的贫穷影响身体。有人说,贫穷是一种的耻辱。但贫穷又是"穷则思变"的能源力量。
被贫穷所困,是心灵之困。被贫穷所难,是心灵之难。贫穷由许多的因素造成,如有社会、政治、战争、自然灾害等因素造成了贫穷，有自身不努力或残障带来的贫穷……总之，贫穷是社会的一种耻辱、是自身的一种耻辱、是心灵的一种耻辱，但贫穷也孕育着希望、梦想、勤奋、美好，它是不幸中的命运更新。

贫穷是自己走出的一道坎。留下的有心酸、困苦、艰难，而迈过便是坦途。不论怎样的贫穷，奋斗与努力都为贫穷点燃了希望。而知识、技术、思想、文化、教育等都是剔除贫穷的良好因子。卓别林年幼时，父亲就病故了，母亲因患精神疾病被送进医院。贫困使他过早流浪街头，他靠捡水果、蔬菜叶充饥。本应是花样年华、读书时代，他却在为生活奔波。他卖过花、耍过杂技、走过软索，当过理发学徒、玻璃匠，尝尽了生活的艰难。幸运的是，后来他进入了卡尔诺剧团，开始了演艺生涯，直到他自编自导的一部喜剧片《威尼斯赛车记》上映才初显名气。后来，卓别林成立了电影制片厂，由此开创了一个喜剧黄金时代。他拍摄了许多喜剧影片，如《淘金记》《摩登时代》《舞台生涯》等影片，风靡世界。

贫穷有物质的贫穷，也有思想的贫穷、精神的贫穷。精神贫穷是对心灵的损伤，思想的贫穷是对智慧的损伤，物质的贫穷是对身体的损伤。人最大的危害是不能超出精神与思想的贫穷，在物欲中沉沦了，最终，失去光华而落入困境。人唯有思想与精神的富有，才是丰厚的人生，它是创造快乐与幸福的源泉。历代的许多名人都深知思想与精神的作用，虽然他们都经历过物质的贫穷，但思想与精神却是富有的。如孔子、杜甫、白朴、关汉卿、汤显祖、吴承恩、曹雪芹、塞万提斯、莎士比亚、高尔基、巴尔扎克、舒伯特、康德、奥斯特洛夫斯基等都从思想与精神富有中打造出财富。康德靠着牧师舒尔茨的资助完成了中小学教育，在上大学时，他又陷入了贫困，虽然，大学有一条规定，贫寒学生可免缴学费，但自尊心强的康德，不愿自己长期受着他人的资助，便拒绝了申请。大学毕业后，他就做了一名家教老师。他曾有一句名言："要使财物受你的支配，而不要使你受财物的摆布。"

贫穷孕育希望、梦想、勤奋、美好，它是不幸命运的更新。舒伯特一生贫穷，年少，他在天主教会的学校读书时，因贫穷挨过饥饿。在寒冬时节，因室内没有火炉，他受过冻。虽然他喜爱音乐，但因贫穷，连买五线纸的钱都没有。而这一困境让他有着坚韧与意志，也获得了同学的同情与资助，他也从对音乐的一种热爱中获得了美好。在18岁时，他作了135首歌曲，也完成了他的青春梦想。从学校出来，他做过小学教师、伯爵的家庭教师，但他的梦想是作曲家。于是，他进入了自由作曲的天地。他所作的歌曲，深受同学及友人的喜欢，他常得到富裕同学的资助，并寄居在他们的家里。但他又是不安分的人，他常常会到酒吧、俱乐部与那些喜爱音乐的人聚会，形成了一个小小的团体，后有人称呼"舒伯特党"。舒伯特作曲的环境、地点从没有受限，他一旦灵感来了，在酒店、俱乐部、餐厅等场所，都是作曲的场所。甚至在散步中激起灵感，在回到室内后，他能完全地作完曲。他喜欢手执歌德、莎士比亚等名人的书籍来看，他们优美的诗句，都是舒伯特的作曲源泉。据载，舒伯特在创作乐曲《听啊，云雀》时，他仅花了十五分钟就完成了。他还创造了一个作曲奇迹，在一个早晨，完成了《冬之旅》的六曲。他曾出版了《魔王》《流浪者》等书，但都未得到版税。舒伯特与贝多芬有交往，当贝多芬看到舒伯特的作品《歌曲十六首》，不由得赞叹"这里有神圣的闪光"。贝多芬在弥留之际，舒伯特来看望他，他握着舒伯特的手，说道："我的灵魂是弗兰茨（舒伯特名）所有的。"舒伯特人生很短暂，三十一岁就去世了，但他用他的热血与才华，完成了1000多部作品，包括交响乐、歌剧、歌曲、钢琴曲等，为世界奏出美妙的旋律。他去世前，他向他的兄弟及友人留下了遗愿："请将我葬在贝多芬的旁边。"

不报怨贫穷，才会抵抗消极的浸淫；不沉沦于贫穷，才会积极地面对贫穷的考验；不屈服于贫穷，才会革除自身的贫穷。信念、意志、自尊、勤奋……都是剔除贫穷的良好因子，并使自己受益。

杜甫是杰出的唐代现实主义诗人。他有着是顺境与逆境融合出的傲骨，而他的文学境遇却是顺境与逆境融合出的高峰。纵观杜甫的人生，他顺境中有逆境，逆境中有顺境。他的前半生是顺境多于逆境，而后半生是逆境多于顺境。顺境使他崇尚一种权力与自由，逆境使他更多地触摸到人生苦难与忧怀，从而让自己用文学艺术来构建人生的高峰。他出身官宦之家，自然在学习上，要比贫穷的学子拥有更多的优势资源。他向往仕途与诗歌、云游与自由。年轻时，他爱好交友、旅行与写诗。自结识了李白、高适后，就与他们云游过齐鲁、梁宋间。他前期写有一首《望岳》诗很有名，那句"会当凌绝顶，一览众山小"的诗成了他的千年绝唱，也显示出他的气魄。他把李白当作了好友，仅为李白写的诗就有许多首。如他写的《赠李白》《与李十二白同寻范十隐居》《冬日有怀李白》《春日忆李白》的诗词中，可看出他对李白的真挚感情与自由的心性。他在《与李十二白同寻范十隐居》诗中写道："李侯有佳句，往往似阴铿。"表达出他对李白的赞赏。后来，他又在《春日忆李白》诗中写道："白也诗无敌，飘然思不群。清新庾开府，俊逸鲍参军。"又表达出他对李白的崇仰。虽然之前，他遭受过科考第一次挫折，即公元735年，他在洛阳参加进士考试时落选了，但他很快调整了心态，变得豁达、自信。在当时，并不是杜甫没有才，而是当朝李林甫把这一次参加考试的所有人——不论是优等生，还是劣等生，全部让他们落榜。恰恰这次落榜，反而激励了杜甫的斗志与追求。之后，他又去了长安，认识了许多的诗人，使他的生活有了那么多的追求与向往。在长安，他一待就是10多年。他有过自由与欢乐，有过辛酸与怨气，有过落魄与穷途。如他写的《奉赠韦左丞丈二十二韵》诗"纨绔不饿死，儒冠多误身"，就流露出他对现实的不满与怨气。公元747

年，杜甫的父亲在奉天县令任上去世。原来杜甫的生活有父亲撑着，此时，没有了家里的依靠，他也一下跌落人生的谷底。面对残酷的现实，他需要的是一种励志精神，恰恰有着文学天赋的他，找到了人生的一片天地。为了进入权力阶层，他献"三大礼赋"给玄宗，从而某得一官职。肃宗即位后，他又授左拾遗，后又出任华州司功参军。虽是小官，但他谨守职责，特别是在家国上，他就表现出一种爱国忧民的情怀。如他在751年写的《兵车行》，755年写的《自京赴奉先县咏怀五百字》，756年写的《春望》，760年写的《蜀相》《日夜忆舍弟》《客至》等诗，流露出他的爱国忧民情怀。在他的"杜陵有布衣，老大意转拙。许身一何愚，窃比稷与契……朱门酒肉臭，路有冻死骨……"（《自京赴奉先县咏怀五百字》）以及"烽火连三月，家书抵万金"（《春望》）等诗句中，就可看出他的生活情怀与艺术造诣。即使他远离权力的位置，也时时关心政治与人民的疾苦。公元761年，他落居成都草堂后，虽然靠着采草药为生，但他从未停止过诗词的创作，他充满着对人生未来的憧憬。当他听到唐军击败叛军的消息，便写下了"剑外忽传收蓟北，初闻涕泪满衣裳。却看妻子愁何在，漫卷诗书喜欲狂。白日放歌须纵酒，青春作伴好还乡。即从巴峡穿巫峡，便下襄阳向洛阳"以表达自己的欣喜。他在草堂生活了几年，后来常接济他的好友严武去世，他失去了靠山而又失业了。困境又向他袭来，杜甫只好携家眷漂泊各地靠着朋友的接济或卖草药谋生，这是他人生旅途中最后的一次穷途。但他把自己带向了另一人生的境地——用诗歌重燃人生的激情，他写出了《登岳阳楼》《登高》《秋兴八首》《阁夜》等诗词，他用诗歌抨击现实的腐败，用诗歌写出了民间的疾苦，自己的疾苦，也用灵魂震撼了一个时代。韩愈曾评价李杜："李杜文章在，光焰万丈长。"

141 和谐

和谐是人与自然建立的相协调、共生存的关系。

和谐在自然与生命中是一种健康。只有身体的健康,没有心灵的健康,建立不了身心和谐的关系;有心灵健康,没有身体的健康,也建立不了身心和谐关系。有身心的和谐,没有自然和谐,也建立不了生命、物质、精神的健康。

142 礼仪

礼仪是以尊贵的形象表现自身的文雅。

礼仪来自风俗、信仰、习惯……孔子把礼仪放在首位,他认为,人的作为不逾越礼法,就是自然法则,就能成就自身。

礼仪是人的素质、涵养、品格。

尊重礼仪,也是尊重自己、尊重他人的一种美德,一种文化,一种价值。

礼仪能看到人的美丑、贵贱。诚实与虚伪、谦逊与傲慢、热情与冷漠、优雅与粗俗……都能从礼仪中体现出来。

虚伪的礼仪建造不了文雅,却让卑贱损害了自己的诚意。

失去礼仪容易,而重建礼仪难。因为礼仪是建立在良好习惯上,一旦失去,便损毁了自身的形象。

礼仪是自己的形象品牌与资本,让人获得精神价值。

生活需要一种礼仪表达自己的修养，更需要一种仪式敬仰自身的美德形象。

143 预言

预言在事件还没发生时就定下结论。财富、地位、权力、生死、功名、灾害、命运、城邦……都是预言内容，在实现或没有实现中寻到人生意义。

预言在信徒那里是自己的命运，因为他相信预言在现实世界的作用以及对未来的信心。

预言是虔诚者的诺言，却是不信者的流言。

预言开启的时候便是预言结束的时候。

结果是预言的征兆，好坏使预言更加迷离。

不知的预言与有知的预言同样给人带来渴望与恐惧。最不知的预言却在预言中实现，是一种巧合；最知的预言却在预言中没有实现，是一种失算。两种预言为虔诚者带来了不可预见的恐惧。

预言活在了现实中，并以未来开启人生，以现实世界决定未来生活，以现有的迹象预言自己的将来。每一种迹象都是一种预言，心灵的、行为的、道德的、精神的，都从迹象中看到自己未来的优劣。

宗教的预言以信仰安放灵魂，科学的预言以真理了解社会，了解人生。

144 存在

存在是生命活着的意义,也是灵魂存在的意义,包括天赋、记忆、思维、语言、才智、品格等都以存在显示意义。

存在是独特的自我在现实社会中创造的价值。

孤独、沉沦、虚无……会把存在带向黑暗,而自信、勇气、快乐、自由……会把存在带向光明。

存在延伸了生命意义,也从死亡中发现生命的意义,从空白中找到一种精神。

存在以思想表现自己的独特,因为思想使存在更为广阔与自由。

淡出生命的视域,是虚无;淡出人生的领域,是虚无。

无聊与悠闲都是对存在做出的释怀。

145 青春

青春是人生的精神印记,梦想、自由、希望、快乐,还有忧郁、伤情、艰苦、迷惘等都是青春中的人生印记,有着欣欣向荣式的喜悦以及最美的精神元素。

青春从每次人生的经历中获得成长,成长使青春焕发生机。

青春使心灵丰盈。年华在岁月时间中沉淀,在人生中洗练并成为自己的一段荣光。

曾经的青春使人回味。不管经历一段曲折的人生,还是经历一段辉煌的人生，青春都会阐释自身的精神。

青春不曾失去，失去的是在年华中没有珍惜的美好时光。青春不曾失去，失去的是在年华中没有留下的勤奋足迹。

青春是年华里给自己留下的情感记忆，每一种情感记忆都会勾起热血与激情。

在现实中，青春是可以跌倒了再爬起来的；在理想中，青春是可以与你的人生连在一起的。它没有时间的界限，可以分享至上的精神。

思想是青春的灵魂。现实与理想交织，青春做出的选择是理想；物欲与精神交织，青春做出的选择是精神。

青春是存在心灵中最年轻的精神元素。即使经历过挫折、坎坷，它给你的是精神能量赋予的勇气。

青春在组织体系是新的血液，在个体社会体系是新的血液。如果青春沾染太多的物欲、权欲、私欲，青春便成了欲望中的过客。

青春之美是以精神涵养的一种美。人生的仪式，都是青春已做出的审美。

146 忧患

超越自身荣辱、成败、利益的一种精神。

忧患有着积极、进取的精神力量并促使自己走向通达的境地。警醒、觉悟、进取、担当、自尊、务实、责任、勤勉、敬畏等都是忧患中的可贵因子并显现人性的光辉。

忧患唤醒灵魂，在艰难、困苦、坎坷与坦途中显示精神力量。

147 境界

境界，精神层次的一种审美。

心灵的境界决定人生事业的境界与高度。

比天空、大海、大地宽广的是心灵，也是境界，它可放眼世界，成为一个目镜。而高远的境界总让人恬淡。

以欲求式的境界达成享受是一种生存，以道德与审美的境界达成的享受是一种生活。

生存与生活显示出境界的高低，显示出境界的精神。

人生的境界以道德精神显崇高境界，它既是一种精神方式，也是一种道德的方式而达成的快乐幸福。境界越高，越显示出修养的魅力。

148 仁义

仁义是仁爱与正义孕育出的道德之神。

满口仁义的人不是真正的仁义，把仁义践行于生活中的人比满口仁义的人要有生活的分量与意义。

149 淡泊

淡泊，不求欲望的明静灵魂。

淡泊让生活有着自由的意义，让生活不会被名利所诱惑，一切按着自己的简约、质朴构建人生。陶渊明、王维……从淡泊中构建出诗意的生活，从淡泊中建造了文学的高峰与伟岸。

淡泊是对人生包袱的丢弃，是灵魂的一种修养。蒙田对淡泊有着深刻解读："我们的生活责任，不是去打仗，去扩张地盘，我们最豪迈、最光荣的事业，应该是生活得写意，一切其他的事业，执政、致富、建造产业，充其量也只不过是这一事业的点缀和从属品。"

淡泊使人更有尊严。失去淡泊的人，终会失去一种有尊严的生活。因为他会被欲望所困，使尊严屈从于他所谓的名声、地位、财富、权势……也在这些欲望中沉沦。

150 尊重

让自己与他人得到价值肯定与嘉奖，从而彼此间都获得精神的敬重。

不尊重他人的人，也没有尊重自己的德行与良知，更是对自己的不尊重。

互相尊重，使人和谐相处，彼此得到人生的利益。

刀剑相向，语言暴力，分裂了一切的美好，让仇视割裂了友谊，而尊重是重修友好的唯一桥梁。

151 谦逊

谦逊从自大、粗鲁、鄙视中显示出外在的高雅，从修养中表现内在的气质。

谦逊是道德的护卫，也是精神的护卫。

152 高贵

卑贱中最缺的精神是高贵。

人性的高贵是良知与美德构建的一种精神。

勇气与责任是高贵中的一种意志行为，它闪耀美德的气质与光辉。

用权力、金钱追逐高贵，永远建立不了高贵的名声，只会被金权淹没自己的欲望。

自认自己的高贵，其心灵是卑劣的。而不自持高贵，其心灵是谦卑的。英国哲学家培根写出了《论人类的知识》《伟大的复兴》等许多思想著作，但在官场上，他却是一名大贪官。他常常以正人君子的形象出现在法务部门的会场做报告，要求司法人员要自律、廉洁，可身为大检察官的他却不自律。后来，他被国家高级法院囚禁伦敦塔内，开除公职。

高贵是驻扎在心灵的信物，理想的高贵是信仰，人性的高贵是良知，生命的高贵是自由，工作的高贵是责任。高贵在心灵中永远是一种精神与道德的崇高。

153 超越

超越他人是一种能力，超越自己是一种精神高度。

自我超越是一种境界，能力超越是一种境界。前者以超越自身缺陷而达到境界的提升，后者以突破能力局限而达到能力的提升。

超越极限是一种意志与精神。

超越极限孕育一种创新。

154 灵魂

灵魂是一种生命力，它有着聚合神性的能量为生命创造意义。柏拉图说："灵魂出自理念世界的精神实体，而肉体只是灵魂的暂时的居所。"

灵魂内在的果实有勇敢、仁爱、智慧、忠诚、敬业、诚实、勤奋、正直、包容、恬淡、谦虚、尊重、善良、自知、自律等，它是灵魂之核，使生命有着希望、力量、不朽。

灵魂创造生命使梦想飞起，使心灵纯净、使精神振奋。灵魂从超越自我中获得重生，从自知中获得自尊，从意志中获得坚强勇敢，从忏悔中获得自省。而灵魂的多样性使人获得了思考，并用修养达成美善。

灵魂寄予在生命中，让生命有了灵性。生命的快乐与悲伤、热情与冷漠、忠实与叛逆、仁慈与残忍、善良与丑恶都从灵魂中获得美善与救赎。

一切的沟通与认识，都是灵魂建立起来的感情，一切的创造都是灵魂寄予的想象激情。

灵魂比身体尊贵，身体没有灵魂，就像孤鸟没有归巢；身体有灵魂，就有虔诚与希望。

灵魂是身体的上帝。它拯救卑贱、邪恶、仇恨、绝望，让爱、仁慈、欢愉、自由、信念、坚强充实身体而得到生命的价值。

灵魂的迷失，是因为有侮辱、折磨、狂妄、贪婪、蛮横、怨恨、伤害、嫉妒的恶劣因子存在，使人丧失了良知，成为物欲的奴隶。心灵的受累，也是因有痛苦、忧愁、疲惫、浮躁、贪婪在里面，使灵魂没有觉醒，一旦达到了极点，灵魂将被刺激并被唤醒，它将以信念、意志获得能量，冷酷将被热情替代，浅薄将被厚实消融，报怨将被欣赏同化，并显示高贵。

虚荣使灵魂飘然，它看不见自己的丑，让权力、名声掩盖了，它遗失了灵魂的内在美德，也跌落了、迷失了良好的自性使自己走入魔性。

每个人的灵魂深处藏着爱，每个人的灵魂深处也藏着恨，在爱恨之间，提炼修养场地的是心灵空间，它既容纳欲望，也容纳坎坷，唯一的是灵魂能驱使你向美好、坚强的一面发展。

解剖自己的劣性，也是纠正自己的劣根。接纳不完美的自己，也是锻造自己的完美，灵魂就在精神领域为自己提供信心、希望。

尊重使灵魂有着向心力。当你肯定他人的价值时，你就同样获得他人对你的价值的肯定。它散发出的是一种美好向心力。爱情、亲情、友情都需要一种尊重使你凝聚力量建立美好的前程。

155 卑劣

卑劣是隐藏于心灵的鄙俗、龌龊。

卑劣容易用道德的力量挟持了善良,当良知丧失时,带来的是灾难与毁灭。

卑劣是人性的劣根,自私、仇恨、贪欲、讥讽、粗暴、轻浮、侮辱……都是卑劣的因子,而卑劣建立的权势与利益,会被自己的卑劣毁掉。

卑劣经不起诚实、正直的考验,在真理面前,卑劣会露出劣迹。

156 幸运

幸运是从苦难、时机、信念、勇气、爱中建立起的人生。

最不幸运的是失去信念与信仰,最幸运的是充满爱与勇气。

光荣与骄傲、财富与名声都是幸运的宠儿,但又是从不幸中建立起的名利。

幸运来自发现与思智。那些有成就的人,并不是等待幸运的光临,而是以自己的思智与勤奋撞击幸运以获得它的青睐。即使遭受不幸,也会以自己的坚韧与意志构建希望,获得幸运。

收获是幸运的一种喜悦,也是幸运的一种美誉。

在人生命运中,幸运与不幸总是相伴,但需要恬淡来面对人生。

坦途与坎坷是幸运与不幸的影像,在坦途中想到珍惜,是对幸运的一种拥抱；在厄运中想到希望，是对不幸的一种激励。

幸运与不幸都是人生的一种馈赠。获得幸运时，要感恩自己的拼搏与努力；遭受不幸时，要感恩自己的苦难与坚强。

在幸运中沉沦是对美好的不敬，在不幸中励志是对美好的敬仰。

苦难让人懂得幸运降临的幸福的意义，更懂得不幸对自己人生的拯救意义。

157 自尊

自尊是凌驾于权力、地位、财富之上的精神人格。

耻辱是自尊滋生出的力量，又是自尊对自己的一种反省。

自尊来源于心灵，是对自己的一种挑战。挑战自己能发现自己的德行与伟大、卑贱与渺小。尼采认为，当你克服挑战，重视自己，会发现高尚的自我，发现真正的自尊。

自尊比卑劣高贵，它是高尚的荣光。

自尊是灵魂的显现。自尊潜藏在灵魂的里面，当感知外在负面环境对自己造成伤害时，自尊就会以一种勇气捍卫自己。对自己的诋毁、嘲笑、攻击、不信任……都会造成自尊的反击。自尊也是趋于自己的防卫，但自尊不应过当，否则，会毁了自己的良知。

158 真理

真理是人所感知、体验的一种真知，也是客观事物及规律在人的意识中的正确反映。梭罗有一句名言：“与其赋予我爱情、金钱、荣耀，不如赋予我真理。”

真理容得下怀疑与偏见，但容不下谬论。真理容得下困境与坎坷，但容不下歧视与仇恨。

虔诚可为真理献身，探研可为真理佐证，时间可为真理定论。

真理是思想的灯塔。在真理的世界，潜藏伟大与高尚。在真理的世界，潜藏品格与财富。如马克思用伟大构建出真理，用品格构建出财富。

信仰真理是一种永恒，违背真理是一种背叛，怀疑真理是一种曲解。

以怀疑求证真知，是真理；以探研与实践证明伟大，是真理；以道德启示人性的高贵，是真理。真理的前面就是希望、自由、快乐与幸福。

真理在愚昧中显现光芒，但真理有时会被卑劣打击，即使遭受最严酷的摧残，真理也会永远坚守信念与精神。

真理不会改变自己求真的理念，真理改变的是虚妄、虚伪……并以求真务实践行自己的良知。

真理就在身边，是因为遇见的真理很朴素，它使你感到可爱可亲；真理不在身边，是因为你还没感触到真理的存在，被遮掩了求真的心灵。

真理是自己的求知、求真。真理是主义、精神，每个人都能从它那里获益。

把真理放到一个理性的高度,我们追随的真理就不会脱离自己的生活。否则,真理会离我们很远。

没有真理的人,其实,他的心灵住着真理,只是他没发现,却被现实击沉了理念,但真理会无声无息地光顾他的生活——那就是活着的人生意义。

159 远见

远见是不被眼前利益所臣服的智慧目光。

眼光决定平庸与非凡,远见决定失败与成就。

远见是辐射人生的心灵之光、智慧之光,不论站在高处,还是低处,总能遇见最美的风景,即使在险境,也能看到希望的曙光,并顺着智慧通向坦途。

160 人生

人生就是现实与生活实践的思想行为艺术。

人生为生命找到了价值意义。

心灵远比身体丰富强大,因为内心的丰富能抵抗各种挫折,坚守自己的信念与意志。

脱离现实生活,人生是虚幻的。根植现实生活,人生才有意义。

161 苦难

苦难是把负重担在身上,然后砥砺前行而达成的价值。"不有百炼火,孰知寸金精。"孟郊道出了苦难的人生意义。

人的进化与发展,是从苦难中孕育出的。

苦难是弱者锻造坚强的熔炉,强者锻造信念的熔炉。

苦难埋在心灵,身体没有痛楚;苦难负重身体,心灵必有伤痛。

苦难淬炼自己的品质。梁启超认为,患难困苦,是磨炼人格的最高学校。没有一种苦难像岩松富有毅力,没有一种苦难超越灵魂的圣洁,没有一种苦难像熔炼的烈火之金而充满意义,没有一种苦难像草木能经受烈日的考验,没有一种苦难像海石沉淀思想。

苦难的忘记,是给身体释放负重,让灵魂释怀。

内心的挫折比外在的挫折更有张力,并锻造强大的意志。

162 思考

思考是与自己灵魂对话的一种问答与思索。

疑问与探索决定思考发展方向。

思考让自己更有主见。在孤独与宁静中思考和在嘈杂与喧闹中思考都有着同样价值意义,只是前者的思考有更广阔的空间,后者的思考有更现实的意义。

思考的方向错了,是对自身思想的打击;思考的方向对了,是对自身思想的激励。

睿智与理智使思考更有深度、广度，让人获得真知。失去理智的思考，如植物根系扎不进深厚的土地容易被风推倒。思考必须把自己沉淀，让自己更有明见。

163 谎言

谎言是潜在心灵与事实真相相反的谎话。毕加索认为，美术是揭示真理的谎言。

谎言以隐秘与伪装来达到目的，不熟悉的人看不出真实的一面，常落入到它用谎言编织的陷阱中；熟悉的人，反倒一眼看出它的谎话，让其显出卑劣的原形。

有道德、文化、思想的人不会被谎言的烟雾弹迷倒，即使谎言歪曲了政策以自圆其说堵住真相，但终究会被有道德、文化、思想的人用事实揭穿谎言。正如臧克家所说，一千句谎言盖不住一个事实。

不常说谎的人，一旦说谎，会变为"真实"。善意的谎言，虽有欺骗的含义，但有着良心、安抚、尊重、关心。

喜欢谎言的人，是失去灵魂的人。一切的虚无都在谎言中变得可及，但谎言除了竹篮打水一场空外，还将为自己的行为付出沉重的代价。

164 财富

　　财富是既能获得、享受的一种物质价值，也是创造、传承的一种精神价值。

　　一切的财富都是美德的再生，一切的财富都是美德的形义。拥有财富而奉献财富，是慷慨；拥有财富却挥霍财富，是奢侈。

　　损失对方的利益而成就自身的利益，是对道德与名誉的损害。它不但保护不了自己的财产的安全，还会损害自己信誉毁灭自己的财产。

　　精神财富比物质财富高贵。物质财富失去了，如果留有精神财富，物质财富将被精神财富创造出来并引领美好的生活。包括信念、坚守、激情、诚信、尊重、勤奋、责任等都是精神财富因子并创造人生财富。

　　财富的传承，除了财产的继承，还有精神、品格、技术的传承。品格、精神引领财富的风尚，当技术、规划、工艺、产品、服务达到卓越时，那么也就达到了财富精神的价值。

　　财富思维决定富有人生。当财富理念贯彻至行为目标中，那么一切的挫折都会以"穷则思变"激发你的创造激情，而那些坚毅、敏锐、果敢、创新、专注、远见、诚信的思维因子都能变为创造财富的能量。信念越强，创造财富的能量越大，直到演变为真正的富有。

165 宽容

宽容比排斥、抵制更有力量。当排斥作用于宽容时，宽容会容纳吸收排斥的力量，将其转化成为自己的正能量。

充满敌意，是对宽容的中伤；充满友善，是对宽容的和谐。

宽容是消除误解、仇恨、偏见的修养良药。

166 思想

思想是存在的一种思维，是精神中最有创造力的元素，包括逻辑思维和形象思维都是思想的特征，并赋予了价值意义。马克思论道："生命之灯，因思维而点燃。"拿破仑认为，世界只有两种力量：一种是剑，一种是思想，而思想最终总是战胜剑。

知识、技术、学识、经验、教育、环境等都是培植思想的沃土并服务于建造自身价值的体系。帕斯卡认为，人显然是为了思想而生的，这就是他全部的尊严和他全部的优点，并且一个人全部的义务，就是要像他所应该的那样去思考。他的思想的顺序，应该是从他的创造者以及他的归宿开始。

思想是精神与物质融合出的最尊贵的智能，并创造美好生活。离开了思想，任何一种物质都会沉睡于地下而得不到探研与挖掘。

建筑、艺术、文化、政治、财富等都是思想构建的。作家查尔斯·哈奈尔谈道："思想是一种可塑性极强的原材料。思想是构建我们生命成长大厦的重要基石。思想的使用价值是确保思想存在的决定性力量。我们在做任何事之前，都要首先对思想进行了解和恰当的运用。"

思想是创造的源泉，能不断创造财富。道德、知识、经验、智慧等都是思想中的元素，取之不尽，用之不竭。如知识创造、管理创造、技术创造都是思想结晶并创造美好世界。

思想是创造物质财富的基础，思想能产生见解、思路、观点，具有知识、技能、工具等特征，它使人能认识、改造世界并创造财富。如知识经济能带来人与自然、人与物质、人与社会的和谐，通过科研使资源开发节能环保，实现持续发展。现代生物、信息、航天、海洋等技术转化为生产力，为人类带来美好前景。

思想让人更有精神力，如音乐、电影、电视、网络、民俗器物等通过思想的创造让人享受视觉艺术的盛宴，并提振精神。

思想包含空间意识和时间意识。记忆、知识、经验等都在时空思想中。

思想具有延伸性、广阔性、易变性，它来自不同的思维。在思维中潜藏有联想思维、管理思维、整体思维、纵向思维、逆向思维、变通思维、专注思维、发散思维、直线思维、跳跃思维、直觉思维等，它是创造的基因，每个人都能从思维的基因中创造自己的未来幸福生活。

思想具有民族性，更具世界性，它为人类提供了无穷的智慧与光芒。思想本土化，是让思想充满地域性并接受它的熏陶。它包含民族意识、文化意识、世界意识，它是历史文化的光辉，是精神的光源。

思想的好坏决定人生的幸福。好的思想给人以快乐幸福；坏的思想给人以沉沦。纯洁的思想带有淳朴、善良，充满着阳光自由；坏的思想带有贪婪、懒惰、自私、偏激，使人消极。

思想是一种历史演变，是时间运动与创造的结晶。中国儒家思想通过历朝思想演变发展出许多学说理论思想。从西汉、唐宋至明清，发展出董仲舒天人感应理论、韩愈道统说、柳宗元封建论、朱熹张拭理学、周敦颐谦学、程颢程颐洛学、陆九渊象山心学、王阳明阳明学说、王夫之船山学说、戴震朴学等，他们的本质理论没有脱离儒学，都吸取改造了儒家思想，构筑一个新的儒学形态，成为中国思想文化的富矿。

思想是一种光芒并引导人生。在西方有许多杰出的思想家，如苏格拉底、亚里士多德、柏拉图、德谟克利特、马可·奥勒留、西赛罗、梭伦、莱布尼茨、拉罗什富科、叔本华、黑格尔、席勒、康德、尼采、马克思、舍勒、培根、斯宾诺莎、蒙田、罗素、孟德斯鸠、斯宾塞、萨特、海德格尔、爱默生、马斯洛、亚当·斯密等，他们的思想为人类放射出光芒。不论是政治、法律、经济、社会学说，还是自然、科学、道德学说，他们都影响深远。如亚里士多德的逻辑伦理思想成为欧洲哲学统一性基础；柏拉图政治学说成为西方为政纲要，对西方政治、经济、文化、艺术、教育、历史等影响巨大。

思想是融合出的哲学。思想需要沟通，思想的沟通来自政治、文化、商贸的交流，交流也是思想时间的融合，融合才会生出智慧的光芒。老子、孔子、孟子、孙子学说在明清时期传入西方，得益于文明交流。孟子"人人皆可成为尧舜"与马斯洛"自我实现"理论都彰显了东西方人生价值的意义。老子《道德经》与拉罗什富科《道德箴言录》都以道德的光芒辐射人类。而和而不同、求同存异，恰恰是思想碰撞出的火花。当莱布尼茨、康德、叔本华、亚当·斯密、罗素、拉罗什富科等西方哲学家把东方老子思想融入自己的哲思中，于是有了创造，有了他们思想的光辉。美国政治家格伦·蒂德曾谈道："只有通过思想才能认识现实，并同现实密切结合。思想是一种光源,比如说,许多伟大政治思想不仅可以照亮现实的存在,而且可以照亮前进的道路,如果没有这些思想,人类生活就处于黑暗之中。"

思想是精神的容器,精神为思想构筑良好风尚。美国作家哈奈尔论精神时说:"自然界的万事万物都与精神有着千丝万缕的联系。推理,乃是精神的过程;观念,乃是精神的孕育;问题,乃是精神的探照灯和逻辑学;而论辩与哲学,乃是精神的组织机体。增减盈亏,都不过是精神事务而已。"

思想是灵魂家园。它包容过去、超越现在、创造未来。思想是精神的表现。离开精神,思想找不到灵魂。离开思想,精神得不到表达。查尔斯·哈奈尔认为:"最杰出的伟人,他们的成就最初也都是封存在他们的内心里,但只有当他们的精神通过大脑产生作用,通过想法表达自己,从而创造出作品的时候,他们的精神才会完全被人们所认识。"

167 指责

指责是对他人的过失予以责备以显示自己的正确。

常常指责他人,而不指责自己,是一种自负。指责自己而不迁就自己,是一种自省。

无故的指责,是把自己的丑陋展现在公众面前以表现自己的权威,其实是一种无能。

受到指责,并不意味自己就有过失;指责他人,并不意味自己就很高尚。

称赞比指责优雅,批评比指责真诚有价值。

168 抵御

抵御是对侵略的一种抵抗与防御。

心灵的抵御是化解情绪忧伤的武器。抵御烈日、寒冷、雨雪、风暴……没有比草木的抵御坚实，抵御忧伤、痛苦、压抑……没有比心灵的抵御强大。

生命能抵御外界的侵略，但抵御不了时间对岁月冲击。

抵御是精神的抵御、道德的抵御。

169 节制

克制自己的欲望，那么就会多些恬淡、简朴。

浪费比节制可耻，但节制是浪费的克星。

170 完美

完美是品德修养出的形象。

完美与不完美，都是人生的审美。追求完美，是内心的向善，让卑劣、粗俗的心灵趋向善良与高尚。

缺陷与完美是姊妹，一个是丑，一个是美，如同美玉有瑕疵。

缺陷成就完美。罗丹说:"世间的活动,缺点虽多,但仍是美好的。"

如果完美被缺陷左右,如小丑披着一件美丽的外衣在干着丑陋的事,让心灵不善。

接纳生活的不完美,才能认识自己的缺陷,成就自身。

171 才华

才华是自身表现出的一种能力。

才华被自卑者愧疚与仰慕,被自负者娇惯与吹嘘。

任性大于才华,会损害自己的才华;傲慢超过了才华,会损害自己的才华。

虚伪是才华的大忌,品格是才华的灵魂。

风尚体现才华的特色,并升华自己的气质。贾谊的文辞、班固的文思、阮籍的文采、李白的文风等都以独特的风格表现自己的才华与艺术素养。

把才华奉献于事业中,便能遇见优秀的自己。

172 记忆

记忆存在精神中,用语言、文字重建生命、物质的印象。

记忆是人的独特的思维精神形象,是人对事物的识记、回忆、再认的一种心理活动。国外生理学家曾研究人的记忆,发现人体存在100多种生物钟。维也纳大学教授艾克诺摩对脑神经有很深研究，他说："人类的脑中大约存在1500个脑神经细胞，当脑神经细胞受到外部的刺激后，就会长出芽，再长成枝，也就是神经元，从而与其他脑细胞相结合形成网络。然而人类有95%以上的神经元处于未使用状态，如果这些沉睡的神经元能够唤醒，那么可让每个人都能变成超人。"科学家还研究发现，人的右脑记忆容量能够储存6亿多本书，是一部大型电脑存量的120万倍，如人发挥小部分潜力，就能掌握40多种语言。

记忆的打开，是潜意识的打开。原来的物镜因为时事的变化已不是原来的物镜，但物镜会保留在自己的记忆中成为时光的留影。

记忆在形象、逻辑、情绪、运动中生成，在生命的死亡中结束。

遗忘、失忆是精神意识消失一段记忆，难忘、再认是就是意识重启的一段记忆。巴尔扎克谈道："如果不忘记，人生无法再继续。"

记忆是实现愿望的载体，也是挖掘自身价值的能力。

最深的爱，可刻下不可磨灭的心灵印记。最恨、最伤感的事，既被心灵记忆，也被心灵消除。

时间无痕，心却有痕。时间流逝在大自然中，唯有生命能倾听记忆时间的声音。瞬间与永恒在时间里交汇，一切生命物质变得美好。

173 学习

学习是效法的作用并培养与丰富自己的文化素养与精神。

学习是一种责任与精神。对个人、集体、国家来说都是生存、发展的动力，是立业之本，兴国之本。离开了学习，思想很空白；

离开了学习，信念无支撑；离开了学习，精神很渺茫。

学习是从阅读、听讲、研究、实践中获得的知识与技能并丰富精神与物质生活。在《论语》开篇中，孔子就以"学而时习之，不亦说乎"说明学习时间性、方法性、快乐性。书中仅论学习就有几十条，如论学习自主"学如不及，犹恐失之"，论学习的思考"学而不思则罔，思而不学则殆"，论学习勤奋"好古，敏以求之者也"，论学习的方法"工欲善其事，必先利其器""温故而知新""多见而识之，知之次也"，论学习的态度"知之为知之，不知为不知，是知也""择其善者而从之，其不善者而改之"，特别是最"以能问于不能，以多问于寡；有若无，实若虚；犯而不校"，充满了修养之学，其意是即使有才能，也向比自己能力弱的人请教；即使自己知识丰富，也向比自己知识差的人求教，有学问却像没学问，有知识却像没知识，保持谦虚谨慎的学习态度，就算冒犯了，也不计较。

学习以勤学表达意志与刻苦。虽然苦读勤读有着磨砺作用，但勤学为人找到了精神的源泉。历来读书人视勤学为美德，视勤学为人生境界。如孔子"韦编三绝"、董仲舒闭门读书、倪宽农耕闲读、匡衡"凿壁偷光"、王充"书铺借读"、范仲淹"断齑划粥"以及"红袖添香"的故事，都显示出古代名人的美德和学习的境界。

学习以良好的动机、兴趣、情感、意志、态度为基石，从心灵的快乐出发，以唤醒灵魂。荀子认为学习是身心之学、道德礼仪之学，他认为："君子之学也，以美其身。"天赋、爱、思想、意志、觉悟、自知、希望、勤奋、敏捷、热忱、专注都是学习的一种情绪、思维、品性并开启智慧。学无止境是远大的理想，学以致用是学习行动的能力，学以有法是方法知识价值，学以专注是成功基石，学而不厌是学习的精神，学以致道是学习的修养，学以惜时是学习的效率，学以静心是学习的境界，敏而好学是学习的态度方法，学无常师是学习的策略。李贺、王勃从平时积累的知识中写出了许多名篇佳作。

学习是达成心灵对话，是生活的一种方式。静读、细读、初读、深读、浅读，都是一种学习方式，是超然至美的境界。从学习中能品尝出哲学的味道、历史味道、文化味道、传统与时尚味道。

学习是获得智慧的通道，从他人学习能力中能获得经验、技术、品格、学识。学习既提高了自己的能力，也挖掘了自己的潜能，使自己不断受益。探索与求知、真理与智慧、联想与创造、敏锐与机警、修养与品格、意志与坚持、尊重与信任、广博与知行、务实与学风、勤学与敬业都能找到学习价值的意义。

学习是一种精神涵养，人生是在学习过程中提炼出品质。自然、人文、历史、道德、社会知识都是精神财富，也是智慧能量，它能弥补自身缺陷达成完美。因为人能从良好的务实的学风中、谦虚谨慎的学养中，去掉愚昧、虚伪、懒惰、浮躁不良的因子，使自己学能化习，学能美习。

带着功利化的学习，是对精神的一种损伤。如把学习当应付，会脱离务实；把学习当谋权，会脱离廉洁；把学习当谋利，会脱离快乐；把学习当满足，会脱离勤奋。当急功近利、断章取义、自我满足等不良因子侵袭思想时，就会使学习落入不良学风中，使自己受损。

向自然学习，是一种伟大的精神。因为广袤的大自然让人亲近、感受、体验到风景的美丽与恬淡。自然的学习，让人更真实、更朴素、更纯洁。

174 压抑

以郁结与低落限制自己的精神自由。柏拉图曾说:"要想拥有健康身体,就必须先拥有健康精神。"

压抑如果不与自己的灵魂的对话,压抑永远是自己的心病。压抑如果不与自己的良知践行,压抑永远走不出焦虑、沉郁的领地。

自由与恬淡是释放压抑的精神力量,它解除内心矛盾的冲突并引领你通向快乐。

175 自知

自知是知道自身在文化、品行、思智等方面的优势与劣势,从而修正、完善自身的缺陷。

自知是认识自己、审视自己的一种思智。性情、品格、才华、学识、知识、思想、健康、能力等都能在自知中做出对自己的了解与评价。

自知也是人认识自己的一种潜能。通过自知,发现自己的优点与缺点;通过自知,发现自己的高贵与卑贱并从中获得成长、发展、进步。

一个自负、自大、自傲的人会损害自知,最终,也毁掉了自己的人生。

自知是自己的一种大智。因为自知,使自己的知识、能力、水平通过学习得到提升；因为自知，使自己虚伪、卑劣的因子通过道德涵养得到清除；因为自知，使曾经犯下的错误通过教训与自省得到改正。

自知让你发现真实的自己、虚伪的自己、革新的自己并寻求人生的恬淡。而不自知是人生的一种重创与教训，它既面对不了自己的现在，也面对不了自己的将来。它失去的是机会、财富与快乐。

176 君子

让自己的高大、伟岸的形象凸显出来。

君子是最高尚的人格。古人视君子如玉、如梅、如兰、如竹、如菊。《诗经》载："言念君子，温其如玉。"道出了君子的品格。

名誉与正义是君子捍卫的人格，欲望与卑贱是小人自毁的人格。孔子认为，君子的道德像风，民众的道德向草。风吹向草，草就随风倾伏。

自身的修养是锻造君子的精神。坚贞、诚信、清廉、正直、英勇、担当、淡泊、包容、礼仪……都是君子的品格修养，既是一种高雅，也是一种风度。"愿君学长松，慎勿作桃李。受屈不改心，然后知君子。"李白表达了君子的坚贞与守责。

君子视名利为身外之物，小人视名利为身重之物。

名声与久远，君子不是靠吹嘘进入人的心灵，而是以良知与仁爱建立人性向善的风尚与名声。

君子谈利益，小人也谈利益。前者以正当的方法获取利益，后者以卑劣的手段获取利益。

177 物质

物质是生命的能量,是宇宙、大自然的能量并丰富了世界地理。物质的贫乏,是灵魂缺席了物质。精神富有,是物质回归了灵魂。一个繁盛的时代,是物质丰盛的时代,是精神富有的黄金时代。

178 习惯

意念与行为养成的重复反应,也是长期累积而发展出一种秉性。

习惯主宰自己的人生。它依赖这一秉性与力量让其发挥作用。

习惯按照规律行事。当不断地重复一种行为方式时,也就不知不觉地养成了自己行为模式。

成就自身的是习惯,毁掉自身的是习惯。前者以良性的习惯培养成功,后者以惰性的习惯培养了自利。

习惯潜藏在心灵中,勤奋与懒惰、谦逊与自傲、真诚与虚伪、果断与延迟、细心与粗鲁、从容与浮躁……都以优劣表达习惯以及对自身的影响。美国化学家、物理学家莱纳斯·C. 波林曾谈道:"一个好的研究习惯应该是知道发挥哪些构想,而哪些构想应该丢弃。否则,会浪费很多时间在差劲的构想上。"

培养良好的习惯,也就培养了自身的一种德行在各方面发挥建设性的作用与创新,也就改变了自身卑劣习惯对自己的影响。

179 坚强

坚强是意志中的伟大力量。

坚强是怯弱里一种勇气，它承载挫折、苦难，使自己充满希望与能量。

坚强从苦难中淬炼，从信念中淬炼，从脆弱和挫折中淬炼并熔炼出伟大意志。

坚强是抵御痛苦、接受挑战、抗击伤害的内生力量。

180 坚韧

挫折与困境中的意志力量是坚韧。萨迪曾说："忍耐虽然痛苦，果实却最香甜。"

坚韧是理性与信念的结晶，是沉稳与担当的结晶，是痛苦与容忍的结晶，是尊重与敬畏的结晶，是激励与豁达的结晶。体育心理学家罗尔在《运动韧性训练》一书中写道："心理韧性有四个特征：1. 情绪的灵活性，即吸收意外情绪体验，保持情绪平和与开放的能力以及在竞技中唤起大量积极情绪的能力。2. 情绪响应，即在压力下保持情绪敏感、介入与接触的能力。3. 情绪强度，即在压力下发挥实力和抗压的能力，面对困境仍充满斗志。4. 情绪的恢复，即在情绪上来一记重击，迅速还原的能力。从失望、失误和错失良机中迅速恢复，回到现场并全身心投入新的战斗。"

坚韧是一种向善力量。人生承受的压力越大，越能显示坚韧力的抗击作用。中国工程院院士赵梓森曾经历了艰难的光纤科研考验。70年代，赵梓森在武汉邮电科学研究院曾承担一项光纤通信研究，当时，光纤在国内还没有科研机构涉足，在国外，研究光纤的仅是一位美籍科学家高锟，他发表了一篇玻璃丝可通信的论文。在国内，赵梓森也开始了光纤研究。最艰难的是赵梓森没有参照物，而做试验、测试的都是有毒材料，全由赵梓森的经验与学识来把控。在做激光实验时，他差点伤到自己的眼睛。赵梓森除了没有资金支持外，特别痛苦的是还受到了冷遇，甚至有些学者、领导也不相信光纤的传导性。在北京邮电学院做报告时，赵梓森还受到一位领导的质疑："这个项目花几千万，万一不成功，你负担得起这个责任吗？"赵梓森原以为项目泡汤了，幸好又峰回路转，赵梓森的光纤项目得到了领导的肯定。之后，赵梓森与团队通过坚持不懈的努力，终使光纤研究成功。

坚韧是时间的印记，蕴含着一种执着的精神与力量，它有着信念、希望与伟力。植物学家钟扬致力于生物多样性研究与保护，为了寻找植物种子，16年来，他与学生深入青藏高原，克服了艰苦环境及高原反应带来的挑战，累计收集了上千种植物4000多万颗种子，为中国建立了最宝贵的植物基因库。他曾写道："在艰苦环境下生长起来的植物才有韧性，生长得慢，却刚直遒劲。"他爬过6000多米雪山，进入过最偏远、荒凉之地，而生命与山水的融入，是他的人生激情与高地；生命与草本的融入，是他的人生情怀与大爱；坚韧与意志的构建，是他的精神信仰与印记。

坚韧是品格的淬炼。信念、专注、坚毅、坚守、自律、乐观、自信、自尊、创造等都是一种品格并挑战困境、压力，让自己充满斗志。

坚韧锻造自身的强大，坚韧是征服自己脆弱的武器，也是抗击恶劣环境的武器。

坚韧显示生命的激情与精神。在困境、坎坷、疾病、灾难中，坚韧以心理的韧性承担、控制、挑战、处理这些困难，让精神振作。

坚韧锻造了信念的伟大。在消极、脆弱、害怕、萎靡倦怠中，坚韧赋予了一种积极的信念。

坚韧的训练是意志与潜能的训练，包括登山、体育、武术训练等都能挖掘自己的潜能，在韧性的训练中，使自己的心灵更有抗压性并挑战自己，超越自己。

181 自爱

自爱从爱生命中获得精神，从爱自己中升华出道德感情。

自爱以爱自己获得自己的尊重与他人的尊重。

自爱完善自己的修养，培养心灵良知。仁爱与憎恶、伟大与渺小、恬淡与欲念、尊重与鄙视、无私与自私、真诚与欺骗……都是自爱正负面因子并熔炼出品格。

自爱不仅是感性的，而且是理性的。自爱既看到了自己的卑劣，也看到了自己高尚，以此寻到内心的善。

自爱使自己有一个健康循环的心灵环境，它不遮蔽自身的缺陷，使自己在人性中显示出真实与伟大。当欲望超过了自身，自爱会告诫自己要淡泊；当错误进入思想，自爱会告诉自己要纠错；当卑劣成了一种行径，自爱会正告自己要克制；当自大占据了心灵，自爱会警醒自己要谦逊。

不超过限度的自私，自爱才会完善自身的德行为自身创造价值；反之，超过限度的自私，自爱就会在迁就中迷失自己。

虚荣与自恋毁了自爱,责任与善良成就自爱。

真实使自爱充满了道德的情怀。但自爱趋于自身的利益,有时在感情中,会根据自己体验的爱而做出评判。欺骗与真诚、憎恨与友好、背叛与忠诚等都显示了自爱评判。

爱真实的自己与虚荣的自己都会使自爱落入理智与感性中,在真实中,自爱无须隐瞒自己的优缺点,即使自私与鄙视,也会把自爱升华为高尚;即使卑贱与渺小,也会把自爱打造成伟大。

自爱是与自己灵魂沟通的友爱使者。它避免过激、固执、忌恨,让心灵多一些尊重、友好、真诚。

自爱使自己的爱更有温度,也使他人的爱更有光华。

182 放弃与坚守

放弃是丢掉原来的权利,以一种洞见回归到另一人生状态中而获得的自新。坚守是对信念的一种执着,对意志的守护。

放弃与坚守既是矛盾的对抗,又是融合的统一。在对抗中获得自身改变是超越,在相容中获得自身突破是智慧。

放弃与坚守都能找到自己的优势,热情、淡然、激情、责任、意志、坚韧、热爱、自知等,都会使人获得潜能量,创造自己的未来。而一旦我们失去放弃与坚守,一切的成果将与自己擦肩而过。

放弃与坚守来自心灵,放弃是不让心灵有太多的负担,使自己轻装而行;而坚守又恰恰是自己灵魂,它与身心融合一体,恪守自己的本真。

183 坎坷

坎坷是人生命运的转折，是苦难的精神之花，幸福的珍珠。

没经历坎坷的人体验不到幸福的珍贵，没经历坎坷的人体验不到自由的快乐。

坎坷是人生的困境、挫折、苦难，是孕育成功的基石。

思想决定出路，坎坷构建意志。

坎坷是人生的考验。它考验意志、心灵、道德、品格并提炼人性。人生经历的坎坷都可考验自身的品格。孔子、孙子、屈原、贾谊、班固、司马迁……都经历了坎坷的人生，但正是磨难、挫折，锻造了他们人生信念与意志，也淬炼了他们的品格。

坎坷是人生的历练。把坎坷当作人生的遇见，人生没有怨言；把坎坷当作奋斗，人生没有遗憾。

坎坷是最现实的生活。工作的困境、贫穷的困境、精神的困境、爱情的困境……坎坷会把自己带向黑暗，也会把自己带向光明。

生活就是从坎坷中走过，然后把坎坷变为脚下的铺路石。

坎坷的路有多长，承受的苦难就有多深。

忘记坎坷，是在挫折面前不屈服于软弱；记住坎坷，是在成功面前不失去自尊。

有些人，遭遇了坎坷，自认命运不佳；有些人，遭遇了坎坷，自认命运是给自己的奖赏。

成功与失败，坎坷检验人生之幸与不幸。

坎坷是自己的人生之坎，也是自己的人生之友。要从坎坷中发现最美的自己——坚毅。

坎坷的人生,是从挫折中成长的。它会使你懂得谦逊比骄傲朴实,勇气比胆怯精神,勤奋比懒惰尊贵。而从坎坷中长出的是精神,让人有信仰。不论曾遭受什么样的痛苦,信仰会抚平心灵之痛。

一生坎坷与坎坷一生都具有伟大的意义。对于有些人来说,他们经历一生坎坷虽然成就了自己的事业,但却没有享受到来世的自由,或许很残酷,但他们为世人带来了美的艺术与精神盛宴是世人永远铭记的。杜甫一生坎坷多艰,但他没有失去对生命的热爱,对诗的热爱,他从坎坷的命运中淬炼出唐诗韵律与审美;奥斯特洛夫斯基在枪林弹雨中负伤致残,但他拿起笔,抒写了人生的壮丽,他在病痛的折磨下完成了《钢铁是怎样炼成的》,他曾写道:"书就是我的战士。"

命运容易被坎坷挑战、击沉,但也会被坎坷唤醒心灵的意志。每经历过一次磨难、痛苦,都会使心灵强大。

坎坷是心灵容器,也是精神的力量,它真实地展现在自己面前,让自己承受苦难,直到欢乐来临。

坎坷是生命的转折。坎坷,让我们有了生活的热情、生活的意义和人生的价值。

坎坷是现实的牺牲品,但它又是精神的战利品并高挂于心灵的凯旋门。

184 失败

失败是一种逆境,它孕育人生前程与灿烂的光辉。

失败也是走上胜利、成功、卓越的开始。从失败中能看到自身的能力与他人的差距,并以学习、勤奋的精神安抚受挫的心灵。

相信"失败是成功之母",那么信念就能升华为奋斗的力量,那些恐惧、报怨、怀疑、绝望、自卑的因子都会被信念、坚强、努力、刻苦、勤奋消融并引向人生坦途。

没有失败的人生,体验不到痛苦对人生的励志;没有失败的人生,体验不到人生甘甜浸润着的血汗与痛楚。

傲慢与疏忽、轻视与背弃可以使成功转为失败,因为当傲慢成为习惯时,就会怠慢与轻视自己所做出的努力,最终被傲慢覆灭。

失败使我们能认识真实的自己,你能接触到曾经看不到的脆弱、胆怯、害怕、自负、嫉妒、绝望、讥讽等一切的负面因子,它会给你打击并摧残自己的身心,但就是这些的卑劣的因子才淬炼出坚强、勇敢、信心、包容、执着、责任、自由、快乐。

为失败而报怨的人,永远没有出息;为失败而拼搏的人,永远有着前途。

弱小是产生强大力量的源泉,失败是孕育成功力量的源泉。

185 谦卑

谦卑是以尊重他人,取得的他人信任而达到对自己的尊重。

谦卑是人生尊贵的一种精神礼仪。

谦卑是心灵的容器,傲慢、无礼、虚荣、浮夸、自高自大……都会成为谦卑容器中的物质受到洗礼。

谦卑是一种修养,也是一种最朴素的品格。

在谦卑的心灵,没有贵贱;在谦卑的心灵,没有高下,它以接纳自己与他人达成自身的价值。

谦卑纳傲慢为朋友,而傲慢却视谦卑为懦弱。

谦卑不争名利，但名利却青睐谦卑。

谦卑成就他人的同时，也成就了自己的伟绩。

186 美德

美德是照在生活中的光辉，并显现人生的高尚。

美德赋予了人的崇高，在惠及他人利益的同时，也惠及了自己的利益并得到尊重。

人的高贵来自美德，它成就了自己的自由与幸福。

美德蕴含了精神力量，让人有着激情、英勇、爱、幸福、快乐、自由……勇气是美德的一种气质，爱是美德的一种精神。

美德源于心灵，源于爱，源于良知对自身形象的塑造与构建。因为美德使人认识了尊贵，认识了卑劣。

人生的价值是美德的价值。正直、平等、关怀、善良、感激、忠诚、责任、诚实、包容、自制、节俭、勤奋……都是美德的光辉，它在人生中体现价值意义。失去美德的人，将失去身心的健康并使自己付出沉重的代价。

美德提升自我价值，是实现自我价值的基石。

美德增进信任并改善人与人关系。

美德是从傲慢、偏见、自私、憎恨中建立起良知并革除自身的缺陷，包括对自卑、自负、自大、怀疑、懒惰、骄横、偏见、自私、欲望的革除，让自己重建美德的心灵。

美德比才华尊贵。才华失去可以弥补，而美德失去是无法弥补的。

美德优于智慧，智慧从美德中获得更多的经验与教训。

美德的伟大是拯救卑劣,从道义上谴责卑劣,从人性品格中纠正卑劣并引向正途。

187 担当

担当是责任中的一种情怀并表达人生中最重要的价值。

担当是一个社会文明的风向标,承载着职责、使命、希望、任务并为之奉献自己的人生价值。担当也是意识、心态、原则、作风、风格等所体现的作为。人生、教育、工作、生命、事业等责任都以担当的精神体现价值。明唐顺之有一篇《与俞总兵虚江书》文章,其中,有一句论"担当"的话:"若夫为国家出气力,担当大任,有虚江辈在,山人可以安枕矣。"表达出担当价值的意义。

担当以自身品格表现尊贵,它是生命中的精神。"正心以为本,修身以为贵"显示了精神意义。如果缺失"担当"这一品格,那么欲望、诱惑、贪婪、自大、浮躁等劣质的因子会横行于心灵,任性地践踏良知。

担当以自己的品行显示道德力量。在责任中显价值,在理想中显精神,在奉献中显力量。社会学家戴维斯曾说:"放弃了自己对社会的责任,就意味着放弃了自身在这个社会中更好的生存机会。"当今享乐主义、形式主义、官僚主义等之所以存在,其根源就是没有筑牢理想信念,被自己的虚妄与欲望浸淫。

担当是传统文化中沉淀出的精神价值与为民情怀。仁爱、忠诚、责任、敬业、廉洁、包容等都是传统文化中的因子,是当代价值文化中的基石,赋予了更多的精神意义。

担当意识是心灵的良知。它是革除自身的缺陷的良知,是沉淀心灵杂质的良知。如自私、贪欲、懒惰、奢侈、报怨、浮躁、自大等都是人性的弱点，如果弱点多于自身的优点，那么，就会显现一种消极的思想，左右自身的健康。打败自己的往往不是外界力量，而是自己的弱点。

国家、社会、组织、团体、领导、个人等都需要担当意识来发挥自身健康建设性的力量。历史担当、政治担当、教育担当、社会担当、企业担当、文化担当都赋予了责任的价值意义。

担当是虚己的情怀。庄子曾说："人能虚己以游世，其孰能害之。"大意是人如果不以自我为中心，放下自以为是，放下偏见与无用的面子，谁又能伤害他呢。

188 个性

个性是真实的自我表达，个性也是人格的体现。古人把性格视为一个人的守护神。

灵魂中最独特的价值是个性，它表达了一种精神气质。思想、情感、性格、品质等都能看到个性的特质与精神。如执着、超凡、胆识、勇气、自强、直爽、聪慧、机智、开朗、活泼、温和、畏惧、谨慎、仁义、自由等都显示了个性的特质，孔子的仁爱，屈原的炽热，李白的浪漫，杜甫的忧怀……他们独特的性格显示了各自个性标识与印记。

个性伴随一生，影响一生。性格、兴趣、能力、气质、德行等表达了个性的特征。

个性与社会生活是互联的，个性的发展受成长环境的影响、父母的影响、学校老师的影响、朋友的影响……良好的个性铸就人性的美德；不好的个性败坏自己形象并影响前程，如逞强、偏见、暴躁、报怨、贪婪、狡黠、专断、怀疑……都会带来负面的影响。

自私的个性虽然对自己有利，但对他人却是一种损害。如果任由自私的个性扩张，它会淹没自己才华与前途。

遵循良好的个性发展是自身构建的道德秩序，既尊重了自己的品性，也尊重了生活的法则。

知识、学识构建个性的文化，道德构建个性的灵魂，科学构建个性的真知。个性丰富了人生，丰富了精神世界。

189 友谊

友谊是最温情的，也是人生中最尊贵的东西，它维系人的情感，让人感知与体验真诚、关爱、快乐。毛姆论友谊说："世界有两种友谊：第一种友谊源于肉体本能的相吸。你喜欢你的朋友不是因为他有什么特别的品质或禀赋，而仅仅是由于你被他所吸引……第二种友谊是知性的，吸引你的是新相识的才华禀赋。"显然，第二种友谊胜于第一种友谊，它散发出精神的能量与魅力。

嫉妒、排挤、偏见只会让心灵受伤并远离真诚，使自己的生活圈子狭小，走入孤寂，而且还得不到任何的利益。培根认为，缺乏真正的朋友即是最纯粹最可怜的孤独，没有友谊这世界不过是一片荒野。

友谊通向精神的高贵，它就像常青树，让人感到清新而充满希望。

情感的丰富来自友谊，友谊洗涤人性的卑劣并走向高尚。

学识、知识、智慧、经验……都可从友谊中得到，让我们受益。

带有世俗的友谊,建构不了永恒,它随着时间消逝,淡化了彼此之间的利益并转向了陌生。世俗的友谊只享受世俗的利益,虽然使利益显出优势,但在精神层面却失去心灵的纯洁、真诚,使人繁杂与失落。

最真的友谊能抗拒坎坷、挫折,使友谊牢固、坚贞。孔子的"岁寒知松柏"彰显了友谊在困境中的坚贞与可贵。

友谊是性情的吸引、精神的吸引、品格的吸引,是从中得到彼此之间的信任而建立的牢固关系。如果背叛了真诚与良知,友谊便不存在了。

友谊是一种善良,在平淡中有真情,在困境中有激励,在脆弱中有坚贞并构建人生的和谐。

190 音乐

音乐通向心灵,让人体验与表达情感思想生活。雨果认为,音乐是思维着的声音。

音乐陶冶性情,净化灵魂。

音乐使精神更纯洁、朴素。

音乐是美的艺术,也是心灵的审美,从中能获得恬淡。

热爱音乐是一种素养,热爱音乐是一种精神。

在音乐的世界,能倾听灵魂的声音。

音乐,是培养人的高尚情操,让世界充满爱的旋律。

音乐是生命之歌,用美的旋律、语言、节奏、音色……创造了生命乐章。

没有了音乐,世界将黯淡;没有了音乐,人生将失色。尼采说:

"没有音乐，生命是没有价值的。"弗洛伊德认为，"音乐能重新唤起尘封已久的记忆"。

每一首民歌，藏着一个民族最朴质的声音；每一首民歌，藏着一个民族自然的历史。舒曼曾说："留神细听所有的民歌，因为它们是最优美的旋律宝库。它们会打开你的眼界，使你注意到各种不同的民族性格。"

最痛苦的时候，音乐会疗养伤痕并激起对生命事业的热爱。贝多芬、舒伯特、莫扎特都经历过痛苦，但对音乐的热爱却超越了痛苦，让自己更有激情与创造力。舒伯特曾说："我的音乐作品是从我对音乐的理解和对痛苦的理解中产生的，而那些从痛苦中产生的作品将为世人带来欢乐。"

音乐是娱乐的天使，但又是灵感的天使。美学家希恩认为："音乐具有释放灵感创意的诗性。"贝多芬认为："音乐是比一切智慧、一切哲学更高的启示。谁能渗透我音乐的意义，便能超脱寻常人无以自拔的苦难。"爱因斯坦从拉小提琴中孕育和滋养了他的科学探索思想，普朗克从弹奏的钢琴中培养了物理学的灵感。

中国音乐简史

音乐，指个人感受、辨别、记忆、表达音乐的能力，表现为个人对节奏、音调、音色和旋律的敏感以及通过作曲、演奏、歌唱等形式来表达出的一种思想和情感。

在周代，音乐是与礼结合一起的，称为礼乐。其宗旨是用礼乐教化人民，给人以快乐，使人有节制。孔子认为礼乐的教化更能陶冶情操修身，孟子认为礼乐有助于处理人与人之间的关系，有助于社会安定，而荀子认为礼乐能获得精神满足，同时还能使物质生活更加富足。

音乐在古代表现形式多样，有军乐、宴乐、舞乐、喜乐、哀乐、神乐等并根植于传统节日、喜庆、丧葬、祭祀中。《礼记·文王世子》载:"凡三王教世子,必以礼乐。乐所以修内也,礼所以修外也。"可看出古人对乐礼的重视程度。西周时期,把"六乐"用于祭祀、大典、宴会等活动。其六部乐舞是"云门大卷""大咸""大夏""九韶""大濩""大武"。

"窈窕淑女,钟鼓乐之。"《诗经》中的诗既是民歌,又是乐词,可吟、可歌、可曲,其中的《风》《雅》《颂》成了那时最优美的音乐诗颂,成了经典并得到流传。战国楚地,屈原曾用《九歌》奏出了竽瑟乐音的神律,开启了歌舞之乐。

秦汉时期,有以歌舞为业的艺人,其称谓为优伶。汉朝还设置了音乐机构——乐府、太乐署。乐府管理俗乐,太乐署管理雅乐,即宴乐、祭祀乐等。其音乐机构庞大,据记载,乐府工作人员曾达800多人,有掌管贵族音乐的,有掌管民间音乐的。著名音乐歌词人有李延年、司马相如、张仲春等。乐府歌分多类,有雅颂乐、大予乐、横吹曲、鼓吹曲、相和歌、琴歌曲、清商曲、杂歌曲等。在相和歌伴奏中,有许多的管弦乐器,如笛、笙、琵琶、鼓等得到了运用。民间还创造了百戏,融乐舞、戏曲、武术、杂技为一体,被誉为戏剧的摇篮。刘邦曾击筑作《大风歌》而风行汉朝,特别是许多来自民间的民歌被乐府收录,后经作曲家谱乐,成为民间通俗音乐。

魏晋歌词的创作,要数曹丕。曹丕曾创作《燕歌行》,充满了地域特质,为民间广泛传颂。在音律歌词方面,蔡文姬的创作有特色,如她创作的《胡笳十八拍》,富有思乡之情,成了中国古代音乐经典。

在南北朝逐渐形成了新乐府民歌,如南方的《西洲曲》飘着江南水乡的诗情乐律,而北国的《陇上歌》《木兰诗》《敕勒歌》洋溢着草原边疆的风情乐律。

盛唐是乐舞的大时代,音乐已变得丰富多彩了。唐朝设有大乐署、鼓吹署、教坊、梨园四大机构。大乐署管理雅乐与燕乐，鼓吹署管理仪仗的鼓吹音乐与部分宫廷礼仪活动，教坊是音乐艺人管理机构，即是教习、培养宫廷乐工音乐的机构，而梨园则是皇宫内设的音乐机构，以教习"法曲"为主。如唐玄宗曾亲自指导宫廷女子音乐的教习，学习音乐的女子被称为皇家梨园弟子。随着唐帝国文化繁荣，在吸收了各朝乐舞及外域乐舞的基础上，创造了宫廷燕乐。出名的有本土《燕乐》《清乐》《霓裳羽衣曲》《破阵乐》，充满异域风情的有《天竺乐》《高丽乐》《安国乐》《龟兹乐》《西凉乐》等。音乐广泛用于外交、庆典、祭祀、凯旋中并发展出数百种乐曲。在盛唐，大部分子民大都能欣赏到乐舞，而且鉴赏能力非常强。而诗乐成了唐朝一大特色，唐玄宗曾创作了许多音乐作品，出名的有《春光好》《霓裳羽衣曲》《紫云回》《凌波仙》《秋风高》等。许多诗人把创作的诗歌融入乐曲中相唱，诗人也在聆听美妙的乐曲后，创作了许多名诗。如王维"桂魄初生秋露微，轻罗已薄未更衣。银筝夜久殷勤弄，心怯空房不忍归"的筝律，白居易"忽闻水上琵琶声，主人忘归客不发"的琵琶旋律，杜甫"五更鼓角声悲壮，三峡星河影动摇"的诗韵鼓声，张继"姑苏城外寒山寺，夜半钟声到客船"的枫桥钟律，孟郊"清风荡华馆，雅瑟泛谣席"的瑟调乐曲，温庭筠"羌管一声何处曲，流莺百啭最高枝"的律音羌管，王之涣"羌笛何须怨杨柳，春风不度玉门关"的羌笛诗情，都表达了诗曲的美感。唐朝流传下来的音乐著作有《教坊记》《乐书要录》《白氏长庆集》《乐府杂录》等。

宋代礼乐在继承中有了发展，宋设立了太常寺（礼仪乐舞局），其下在教坊设立了琵琶色、筝色、笛笙色、杂剧色、参军色、歌板色及大鼓部、杖鼓部、筚篥部等，其职能是为皇帝、朝廷各种宴会演奏与表演。宋朝民间还流行一种"清乐"，形式一般有小唱、嘌唱、唱赚等，后来，又发展出杂剧（早期以舞蹈音乐与诗歌、宾白对话为故事情节）。在地域上，又分南北杂剧。南方以筚篥乐器为主，鼓和拍板为辅，北方以鼓、笛、拍板为主。《武林旧事》载，宋仅杂剧名目有280多种，出名有《霸王中和乐》《莺莺六幺》等。宋代文人在音乐歌词创作方面都有建树，如欧阳修、苏洵、王安石、陈旸、张炎、朱熹、柳永等在音乐歌词、作曲、理论等创作中有一定的贡献，张炎著有《词源》，陈旸著有《乐书》。

元代的音乐、歌舞、戏曲呈现出一片繁荣景象，这来源于蒙古人对音乐的喜爱。元代打破了民族地区界限，不论是蒙古族胡乐大曲小曲、吐蕃乐曲，还是雅乐都能共和交错演奏，呈现各自乐律民族风格。特别是戏曲形成了元时代一大特色，仅杂剧作家达200多人，创作剧目达600多种，如王实甫《西厢记》《丽春堂》《破窑记》、关汉卿《窦娥冤》《望江亭》《单刀会》《拜月亭》、马致远《汉宫秋》《青衫泪》、郑光祖《倩女离魂》、高明的《琵琶记》、白朴《梧桐雨》《秋江风月凤凰船》、柯丹邱的《荆钗记》、纪君祥的《赵氏孤儿》等都具有代表性。在音乐论著方面，燕南芝庵著有《唱论》，周德清著有《中原音韵》，音乐戏曲浸透着元代生活的繁荣。

明代俗曲民歌极盛，出名有吴歌奥歌，其曲调有桑间濮上之音、俗乐，歌曲有《锁南枝》《千荷叶》《桐城歌》《驻云飞》《山坡羊》等情词婉曲，民间极为流行，相当于现在流行歌曲。明代杂剧基本继承元杂剧形式，但在戏曲中突出了地方特色，保留有昆山腔、弋阳腔、海盐腔、秦腔并以锣、鼓等打击乐器伴奏，各地方剧种有湘剧、粤剧、晋剧、豫剧等，梆子有陕西梆子、河南梆子、山西梆子等。在少数民族音乐中，有苗、侗、水等民族创制出芦笙舞，有瑶族创制唢呐曲，侗族创制侗笛等，都沉淀几千年民族地域音乐特色。明代著名音乐人朱载堉著述了《乐律全书》，考证了簋、钟、磬、瑟、笙等古乐器名称、形状、规范、音名、音高与开孔法等。这时期涌现出著名剧作家汤显祖、徐渭以及音乐理论家沈宠绥、王骥德等。

戏曲剧作家作品有汤显祖的《牡丹亭》，王玉峰的《焚香记》，高濂的《玉簪记》等。音乐理论作品有沈宠绥的《度曲须知》，王骥德的《方诸馆曲律》等。

清近代对礼乐十分重视，并规定各州、府、县学设 36 名舞生，每年春秋二季举行"八佾"曲礼，而这套乐律由浏阳人邱谷士创造，因而命名为"浏阳礼乐"，后成为大清国乐。清朝也是继春秋"礼崩乐坏"后第一个恢复古乐的朝代。清朝最有影响剧种是京剧，有"国剧""国粹"之称。京剧角色有生、旦、净、丑四大类，表演以唱、念、做、打并重，集文学、音乐、武术、杂技于一体。流行民间的剧目有《贵妃醉酒》《将相和》《拾玉镯》《打渔杀家》等剧。清代还发展了民间音乐与舞蹈结合的龙舞、狮舞、灯舞等，一般以鼓、锣等打击乐器演奏，特别是节日尤为盛。在音乐理论方面，李渔著有《闲情偶寄》，徐大椿著有《乐府传声》，黄旛绰、愈维琛、龚瑞丰著有《梨园原》。

现代音乐受传统音乐及外来音乐的影响，显示出传统与时尚并重。清末后民国兴起了京剧与新剧或文明戏，即话剧前称，出名的有欧阳予倩京剧《孔雀东南飞》，话剧《泼妇》，田汉的《苏州夜话》《南归》，梅兰芳的《天女散花》，程砚秋的《青霜剑》。戏曲分南北派，南派有欧阳予倩，北派有梅兰芳，由传统的乐队演奏。随着西方音乐的传入，也形成了中国的"新音乐"。蔡元培与萧友梅在北大建立了音乐传习所，之后，萧友梅在上海建立了国立音乐院，即上海音乐学院前身。在延安，由毛泽东、周恩来领衔并委托李伯钊、沙可夫、左明等人筹建了鲁迅艺术学院，吸引了大批文艺家并创作出较好的时代作品。这一时期著名的作曲家有贺绿汀、聂耳、刘天华、冼星海、吕骥、任光、李叔同、瞿维等，代表作有冼星海《黄河大合唱》《在太行山上》、聂耳《义勇军进行曲》、阎述诗《忆江边》、马可《南泥湾》、李叔同《送别》等都表达了爱国爱乡的情怀。

　　现当代，音乐进入了繁荣的时期。音乐不仅用于戏剧歌曲，还运用至影视剧、歌舞剧、文艺晚会、烟花等娱乐领域歌曲。著名名家名曲有石乐蒙《祖国万岁》《东方红》、刘炽《阿诗玛》《我的祖国》《英雄赞歌》、乔羽《让我们荡起双桨》《难忘今宵》《爱我中华》、施光南《吐鲁番的葡萄熟了》、雷振邦《马兰花开》《刘三姐》《冰山上来客》《幽谷恋歌》、殷承宗钢琴曲《黄河》《红灯记》、李劫夫《星星之火》《胜利花开遍地红》、王立平《太阳岛上》《驼铃》《大海啊故乡》《红叶情》、许镜清《西游记序曲》《敢问路在何方》等。我国在音乐教育方面还建立了《国家艺术教育标准》。在发展和创新乐器上，中国民族乐器已发展出吹管乐器、打击乐器、弹拨乐器、拉弦乐器四大类。音乐形成了古典音乐、交响乐、歌剧、民间音乐、爵士音乐、西部乡村音乐、歌谣、流行音乐等百花齐放的局面。

191 数学

　　数学是符号系统计算与验证，以诠释、解决生命物质的问题。

　　数学来自从形（几何）与数字（代数），具有实用价值并渗透至生物、宗教、天文、医药、基因、统计、情报、金融、证券、建筑、设计、音乐、物理、化学、计算机等领域。

　　数字符号是数学中的意会语言，蕴含了神秘、探索、认知、力量……伽利略谈到自然时说："自然之书是用数学的语言写成。"希伯来人以数字诠释了宇宙与秩序。如数字1表示神，数字2表示智慧，数字3表示认知等都显示了数字的意义。印度数学家阿耶波罗曾用诗文表述数学中的几何、代数、算术。中国《易经》中的阴阳、五行、八卦表现出数学推理无穷作用以及事物运行的规律、秩序、变化。

　　数学是一种美学，它有着数之美、形之美、理之美。如线与几何体具有美感的寓意，正方形有规矩、严谨、稳定感；直线有正直、坚定、秩序感；曲线有柔和、轻松、自由感；梯形有威严、至尊感；圆形有柔和、丰满、温暖感。罗素认为："公正而论，数学不仅拥有真理，而且拥有至高无上的美，一种冷峻而严肃的美，就像一尊雕像。"数学在自然、人文、建筑、雕塑、文学、绘画、设计等领域都以潜在的数字构建了美。如自然、人文、建筑中图文比例，绘画中构图、设计都以潜藏的数学表现出美。三维的、立体的、动态的就以数学构建了多向意义。东晋画家顾恺之、盛唐时期吴道子、王维，五代后梁荆浩，宋元的李唐、赵孟頫，明末清初八大山人以及欧洲文艺复兴时期的画家弗兰切斯卡、达·芬奇、米开朗琪罗、拉斐尔和后来的罗素、丢勒等都重视数学对绘画的作用，并创造了自己的风格。意大利画家皮埃罗·德拉·弗朗西斯卡曾把抽象的数学融入绘画技法中，让油画更有美感，他写出了《绘画透视学》；弗兰切斯卡则把几何看作是绘画的基础，他写出了《论绘画中的透视》；达·芬奇重视人体解剖学对绘画的作用，他认为人体解剖是了解人体动态的钥匙。他在绘画构图上更有形与空间，看他的油画充满了和谐之美。如他的油画《蒙娜丽莎》《最后的晚餐》《哺乳圣母》等都表现出完美与统一。丢勒在绘画与几何上更有独特的内质表现，他曾画有一幅《忧郁》之画，其画中女神的头上的幻方在比例上非常对称和谐。

　　数学是创造的源泉。老子的一生二、二生三……找到了万物创造的生命本源，莱布尼茨的二进制0与1演绎了无穷的创新，欧几里得的《几何原理》、开普勒的三大定理、高斯的高等数学、欧拉的"分析""代数""几何"、牛顿的万有引力、三大运动定律、爱因斯坦的相对论等都以数学奠立了自己学说理论。欧拉有"英雄数学"的美誉。以欧拉命名的有"欧拉定理""欧拉函数""欧拉公式""欧拉方程""欧拉线""欧拉角""欧拉变化""欧拉常数"等,涉及初等几何、立体解析几何、数论、复变函数等。欧拉出身瑞士牧师家庭,年少时就喜欢数学并自学了《代数学》,13岁就读巴塞尔大学,主修哲学与法律,但他的最大兴趣是数学,他利用星期六的下午时间拜师数学家约翰·伯努利门下学习数学。16岁,欧拉从巴塞尔大学毕业,获得哲学硕士学位。他的父亲希望他能成为牧师,并让欧拉在神学系学习,而欧拉的兴趣是数学,他说服了父亲,让他又去学习数学。20岁时,他进入圣彼得堡科学院,成为一名物理教授。在当教授期间,他在数论、力学、分析学方面都有建树。34岁时,他又被邀请到柏林科学院工作达25年之久。到柏林科学院时,由于他以前在圣彼得堡科学院长期从事地图学工作,以至右眼视力下降,几乎造成失明,但他克服困难,致力于治学与探研。1776年,在他59岁时,又因左眼白内障造成失明,但也淬炼出他超常的记忆力与心算的能力。在以后的17年中,他几乎在黑暗中完成了他的另一半学术研究成果。欧拉一生写下了886种书籍及论文,涉及分析学、几何、数论、函数、力学、微积分、代数、无穷级数、数学符号等,在后来的数学家中,都继承发展了欧拉的学说,如法国数学家拉格朗日创建的一方程组,被称为"欧拉·拉格朗日方程",法国数学家傅立叶创建的数学分析法,被称为"欧拉·傅立叶方程"。

　　数学是一种积淀与学习,并解开人生的方程。阿拉伯数学家阿尔·花剌子密、凯拉吉、奥马尔·海亚姆等都从数学中开启了人生方程,他们在研究古希腊、印度的算术及几何的方法上均有建树。花剌子密运用代数变换完成了方程的代数解法以及求解过程的几何证明,他还吸收了印度、波斯、古希腊的天文历算,编制了天文历表，在数学著作方面写出了《代数学》《花拉子模算术》。凯拉吉运用归纳方法得出了二项式展开定理及其展开系数表，奥马尔·海亚姆用几何的方法解了三次方程并写出了代数著作《发赫里》。

数学是物质的标识并赋予了文化的内涵与价值。抽象与形象，数学同样具有解读的方式并解剖生命的物质原理。高斯把数学誉为科学的女皇，数论是数学的女皇。康托尔认为，数学的本质在于它的自由。笛卡尔谈到数学时说："数学是人类知识活动留下来最具威力的知识工具，是一些现象的根源。数学是不变的，是客观存在的，上帝必以数学法则建造宇宙。"

在数学中，生命是一种数字，精神是一种数字，物质是一种数字。沃尔夫勒姆在他的《一种新科学》书中写道："整个宇宙是一台计算机，透出重复执行简单规则的计算生成复杂的事物。"柯西曾形象地描述数学："给我5个系数，我将画出一头大象；给我6个系数，我将会让大象摇动尾巴。"

数学是一种精神所表达出理念，并以求索、探研、慎思、怀疑、求真而达到精神的高贵。从中国古代思想家刘徽的《九章算术注》、赵爽的《周髀》、祖冲之"圆周率"、祖暅的"祖暅原理"、杨辉的《杨辉算法》、秦九韶的《数书九章》、朱世杰的《算学启蒙》、徐光启的《勾股义》及翻译《几何原本》、李善兰的"自然数幂求和公式"到现代的数学家华罗庚的"解析数论""自守函授论""偏微分方程"，苏步青的"微分几何"，吴文俊的"吴示性类""吴示嵌类"，陈景润的"哥德巴赫猜想"，陈省身的"微分几何"，丘成桐的"微分几何"难题的认证与解决等，都显示了他们不断求索、求真的精神。

192 文学

文学是艺术中的人学。文学是生活塑造的艺术，它审视人性的真善美、假丑恶，以此使心灵得到净化，让心灵明静、丰厚。

文学是作者表达的生活艺术，也是读者体验的一种精神生活艺术。青春、自由、快乐、激情、崇仰、完美、正义、虚伪、蒙昧、丑陋、虚幻、质疑、矛盾、缺陷、批判……都是作者表现的情感并以理性与感性触及人与社会、人与自然的关系，从文学中感受生活的精神。陈忠实认为，写作就是写感受最深的生活。

文学浸淫于各个领域，历史、社会、宗教、文化、经济、政治、科学、军事、地理、医学、书法、音乐、美术等都能成为文学的表现艺术。抒情、议论、叙述、象征、描写、对比、夸张等都是文学艺术的表现方式，而内容构建了文学的血脉与筋骨。

文学让抽象的变为形象，让说教的变为感性，让静态变为动态……

最真实的文学，也是最虚幻的。最虚幻的文学，也是最现实的，它能用艺术的内容与手法表达最现实的社会生活。

文学富于想象，它超越现实的空间，让人探寻未来。想象使文学获得自由，想象使创作的艺术得以发展。

文学是人创造的艺术。在现实中，人生、经历、爱情、事业、苦难、欣喜、挫折、成长、成就、生死……都会以悲喜剧来表现，在塑造典型中升华人生的意义。

文学是灵魂的拯救。人性的卑劣能通过文学表现，社会的黑暗能通过文学揭露。

文学是语言的艺术。诗、词、赋、歌、散文、戏剧、报告文学、传记、小说……都是文学的一种题材并表现各自独特的语言文化。

文学提升人的审美情趣。没有文学的审美，也就没有生活的艺术。

文学的纯洁是心灵的纯洁，是生活艺术创造回归的纯洁。在文学中，人性的美丑总能以灵动的文字语言表现出来，荒诞、野性、污垢、屈辱、疯癫、疯狂、迷茫、悲惨、热情、正直、温和、纯洁、高雅、仁爱、慈悲、恬静、悲悯、自由、浪漫等都通过文学表现出来。被文学感染，既是心灵的吸引，也是对灵魂的自我拯救，更是人的审美。

庸俗与高雅是文学的兄弟，被庸俗与媚俗取代，文学失落了精神；被高雅占领，文学提振了精神。

文学是时代的高歌，也是历史的回顾与记忆。文学让人感悟人性的真实与伟大，活着的，死去的……在文学中都能复活人性的良知与高尚。

多样的题材构建了文学的丰富性。历史、现代、玄幻、青春、爱情、武侠、传奇、古典、科幻、军旅、侦探、仙侠都是文学的题材，丰富了人的阅读与审美。

风格让文学更有独特的情怀与艺术。对作者来说，是身心精神的独立，让自己的表现艺术独一无二。对读者来说，能从作家的文字、语言中感受与众不同的魅力。

超越文学的形式，有的会走向虚无，有的会回归本真。

没有了文学，精神的世界将是一片空白与寂寞；而有了文学，精神的世界将是一片灿烂与繁华。

文学是娱乐，但又是精神中的信仰，让人认识自己认识他人以求达到和善与快乐。

文学是一只精神之鸟，能寄予梦想飞翔并找到自己的灵魂生活。

中国文学三字经（速记名人名著）

先秦文学

文学始　源汉字　传歌谣　创神话
赋诗律　文天下　口口口　口口口
诗经集　出春秋　风雅颂　赋比兴
诸百家　各争鸣　口口口　口口口
儒道墨　名兵法　农杂医　纵十家
孔子言　有论语　道德经　数老子
写经书　是墨子　重生命　是杨朱
性善论　为孟子　性恶论　为荀子
商君书　有商鞅　立法治　为管子
论谋略　鬼谷子　精论辩　公孙龙
著兵法　立孙子　南华经　是庄子
典法学　韩非子　著春秋　有晏子
战国策　无名氏　口口口　口口口
国别体　史名著　五行说　邹衍写
冲虚经　列子创　楚辞体　屈原创
赋九歌　写天问　怀爱国　文浪漫
文子书　十二篇　道仁礼　赋内涵
神女赋　为宋玉　口口口　口口口
山海经　民间创　富神话　描山川
谏逐客　李斯写　口口口　口口口（《谏逐客书》）
称杂家　吕不韦　编春秋　载史册
秦统一　定衡量　毁仁儒　尊法家

汉朝文学
大汉期　诗赋歌　史论著　文采名
赋四杰　称贾枚　名枚马　堪称奇
过秦论　陈政疏　笔锋利　贾谊著
七发赋　吴王书　枚乘作　喻韵绝

181

子虚赋　上林赋　封禅文　相如创
长扬赋　逐贫赋　文义深　杨雄撰
两都赋　史汉书　具特色　为班固
兵事疏　劝农疏　言简练　晁错著
撰史记　司马迁　文总集　开通史
归田赋　算罔论　浑仪图　数张衡
著论衡　开元气　富批判　为王充
潜夫论　王符著　史论丰　文犀利
淮南子　刘安写　盐铁论　恒宽作
烈女传　刘向创　神异经　东方朔
乐府诗　源歌谣　律和声　声依永
十二类　民间传　观风俗　创新声
吴楚燕　秦赵代　郑齐淮　各有名
东门行　燕歌行　战城南　文新意
白头吟　陌上桑　有所思　语婉丽
古诗律　十九首　艺术高　流传广
悲情诗　蔡邕作　赠妇诗　秦嘉撰
羽林郎　延年写　口口口　口口口　（李延年）

魏晋南北朝文学
魏晋文学

魏晋期　建安文　出风骨　推发展
有三曹　出七子　纵文坛　留史册　（三曹：曹操、曹丕、曹植。
　　　　　　　　　　　　　　　　　　七子：孔融、陈琳、王粲、
　　　　　　　　　　　　　　　　　　刘桢、徐干、应场、阮瑀）

观沧海　曹操赋　短歌行　诗言志
燕歌行　曹丕创　文评论　有典论
洛神赋　曹植创　白马篇　工警策

悲愤诗	蔡文姬	长叙事	首五言	
祢衡表	孔融著	七哀诗	王粲写	(《荐祢衡表》)
写室思	有徐干	赠从弟	为刘桢	
饮马行	陈琳创	郭马行	是阮瑀	(《饮马长城窟行》《驾出北郭门行》)
出师表	诸葛亮	怀忠诚	千古绝	
竹七贤	称大家	嵇阮山	向王刘	(嵇康、阮籍、山涛、向秀、刘伶、王戎、阮咸)
隐山居	洒自由	□□□	□□□	
咏怀诗	有阮籍	忧愤诗	属嵇康	
庄子解	为向秀	酒德颂	典刘伶	
写律议	为阮咸	□□□	□□□	

西晋文学

西晋期	太康文	善典偶	讲模拟	
出三张	有陆潘	数左刘	各有长	(张协、张载、张华,陆机、潘岳、左思、刘琨)
七哀诗	张载创	写杂诗	是张协	
辩亡论	君子行	论文赋	数陆机	
悼亡诗	潘岳创	三都赋	左思作	
扶风歌	刘琨著	□□□	□□□	

东晋文学

东晋期	文简朴	崇自然	达意境	
游仙诗	郭璞撰	抱朴子	为葛洪	
田园居	陶渊明	散咏松	谢道韫	(《归田园居》《拟嵇中散咏松》)

兰亭集　　王羲之　　□□□　　□□□（《兰亭集序》）

南北朝文学

南北朝　　诗风新　　南北歌　　风质朴
西洲曲　　木兰诗　　碧玉歌　　子夜歌
出民间　　流传广　　□□□　　□□□
锤词句　　颜延之　　秋胡诗　　辞采华
亲山水　　谢灵运　　登池楼　　朴自然（《登池上楼》）
行路难　　鲍照作　　情奔放　　气豪迈（《拟行路难》）
游东田　　观飞瀑　　谢朓创　　表情志
写别赋　　为江淹　　□□□　　□□□
拟咏怀　　庾信作　　近体诗　　开先河
水经注　　郦道元　　颜家训　　颜之推（《颜氏家训》）
后汉书　　范晔创　　洛阳记　　杨衒之（《洛阳伽蓝记》）
文雕龙　　刘勰书　　文理论　　五十篇（文学理论著作《文心雕龙》）
写诗品　　为钟嵘　　□□□　　□□□（诗歌评论著作《诗品》）
文小说　　怪离奇　　神仙传　　葛洪作
述异记　　祖冲之　　搜神记　　干宝创
世说语　　刘义庆　　名士传　　袁宏著（《世说新语》）

唐朝文学

大唐期　　文学盛　　诗国度　　唐传奇
文话本　　赋歌谣　　名大家　　辐世界
日本文　　有唐风　　孔论语　　千字文
白诗词　　尊典学　　源氏语　　紫式部（《源氏物语》）
春莺啭　　源唐文　　风朝鲜　　浸民间
说唱文　　孟姜女　　文话本　　韩擒虎
唐小说　　称传奇　　□□□　　□□□

古镜记	王度著	曲转折	志怪奇
游仙窟	张鷟写	艳风流	语民俗
柳毅传	李朝威	情曲折	富浪漫
霍小玉	蒋防作	情悲剧	人鲜明
鸳鸯传	元稹作	爱情剧	名千载
玄怪录	牛僧孺	枕中记	沈既济
李娃传	白行简	红线传	袁郊创
唐诗盛	人杰涌	初唐期	出四杰
王勃诗	滕王阁	杨炯诗	从军行
卢照邻	曲池荷	骆宾王	易水送
五七言	有新风	意境清	诗韵长
登幽州	陈子昂	诗感遇	继骚雅
宋之问	渡双江	张若虚	春江月
贺知章	回乡书	黄鹤楼	数瞿颢
寄诗情	张九龄	望月怀	天涯共
田园诗	流新派	王孟储	领潮流（王维、孟浩然、储光羲）
至塞上	渭城曲	王维创	文精湛
临洞庭	江思归	故人庄	孟浩然（《临洞庭湖赠张丞相》《过故人庄》）
樵父词	钓鱼湾	储光羲	清淡然
边塞诗	王高岑	境阔大	世有名（王昌龄、高适、岑参）
出塞诗	王昌龄	送辛渐	七言绝
意深沉	气高昂		
燕歌行	高适写	封丘作	言朴素
白雪歌	岑参作	马川行	律风韵
鹳雀楼	王之涣	立苍茫	显高远
凉州词	王翰创	曲深微	意苍凉
辽西作	行路难	崔颢诗	律风韵

黄鹤楼	长安道	意境阔	情意蕴
塞下曲	卢纶诗	雄壮豪	富意趣
从军行	为李顾	□□□	□□□（《古从军行》）
诗高峰	李杜白	刘柳韩	孟贾陆（李白、杜甫、白居易、刘禹锡、柳宗元、韩愈、孟郊、贾岛、陆龟蒙）
杜李温	□□□	□□□	称文坛（杜荀鹤、温庭筠、李煜）
追自由	典李白	文浪漫	悠自然
蜀道难	关山月	战城南	长干行
将进酒	静夜思	玉阶怨	庐山瀑
天门山	新诗风	露风骨	豪激荡
赋现实	有杜甫	体民生	情悲悯
兵车行	岁晏行	前出塞	哀江头
悲陈陶	洗兵马	赠花卿	梦李白
五七言	律诗细	淡惆怅	留诗史
称诗豪	刘禹锡	石头城	望洞庭
浪淘沙	竹枝词	诗气豪	富哲理
中唐期	十才子	赋诗言	达性情（十才子：卢纶、韩翃、司空曙、钱起、吉中孚、夏侯审、李端、苗发、耿湋、崔洞）
卢钱元	韩刘戴	韦顾李	各特色
卢纶诗	风边塞	塞下曲	气雄浑
夜西城	李益作	回军行	多感愁
朴古风	数元结	去乡悲	春陵行
刘长卿	长近体	听弹琴	新年作
李贺诗	感伤怀	太守行	南园诗
致酒行	辞汉歌	神弦曲	具风格

海鸥咏	顾况作	重声教	存俚俗
赠邻人	钱起创	诗淡洁	韦应物(《田园雨后赠邻人》)
夏冰歌	采玉石	情浓郁	意清旷
新乐府	兴吟咏	张王李	数元白
白居易	讽喻诗	叙事诗	赋雅俗
秦中吟	卖炭翁	红线毯	骊宫高
西凉伎	长恨歌	琵琶行	具现实
叙曲折	为元稹	情曲尽	韵意殊
谴悲怀	酬乐天	连倡宫	情悲切
野老歌	陇头行	张籍作	语凝练
征妇怨	废宅行	风清淡	温慰藉
作悯农	为李绅	盘中餐	粒辛苦
田家行	当窗织	王建创	律绝句
水夫谣	陇头水	寒衣曲	感悲伤
韩愈诗	奇意象	题驿梁	答张署(《答张十一功曹》)
雉带箭	龙宫滩	早春外	意清迥
写江雪	柳宗元	文质朴	韵深长
尚古掘	崇韩愈	锤炼诗	为孟贾
游子吟	贫女词	孟郊作	成名篇
写剑客	辟清奇	具豪气	数贾岛
枫桥夜	为张籍	词清丽	籍意蕴(《枫桥夜泊》)
写寒食	为韩翃	凉州曲	数王翰
晚唐期	朝衰落	诗则兴	语婉丽
李杜陆	皮韦张	口口口	皆艺成
泊秦淮	杜牧创	江南春	词清丽(《泊秦淮》《江南春》)
融情境	李商隐	华清宫	隋后宫
乐游原	无题诗	情意蕴	诗清丽
写现实	皮日休	正乐府	共十篇

杂古诗	十六首	揭黑暗	捍正气
伤田家	聂夷中	诗精悍	成名篇
唐风集	五七言	杜荀鹤	诗通俗
创流派	温庭筠	诗词赋	兼精工
花间词	尊鼻祖	舞衣曲	夜宴谣
梦江南	玉蝴蝶	南歌子	弹筝人
春野行	菩萨蛮	咏寒宵	词婉约
别离曲	陆龟蒙	诗赋杂	自成名
秦妇吟	韦庄写	多伤感	负盛名
忆江南	清平乐	词喻绝	情哀婉
俚曲调	民传诵	杨氏谣	具讽刺
五更转	十二时	田中歌	雀踏枝
望江南	捣练子	民间曲	题材新
散文家	典韩柳	复古文	寓特色
韩愈文	率真情	三百篇	文丰富
主明道	辞精工	写师说	论佛骨
进学解	毛颖传	文典范	代传诵
柳宗元	六百篇	诗词赋	散杂文
寓传记	称大家	梦归赋	石渠记
河间传	黔之驴	封建论	文精简
论锋利	影深远	□□□	□□□
滕王阁	数王勃	八骏图	为李观
陋室铭	刘禹锡	草堂记	白居易
野庙碑	陆龟蒙	李贺传	李商隐
人杰言	罗隐创	读司马	皮日休
投知书	为杜牧	□□□	□□□

唐朝：开创一个诗歌黄金时代

诗歌在中国有五千年的历史，诗歌是时代的颂歌，具有抒情性与自由性。从诗歌创造起，它就成为生活中艺术，让人吟咏、高歌并成为精神的血液，流淌着文明与信仰。

唐朝被称为"诗的国度"，开创了一个诗歌黄金时代。从先秦起，至汉魏三国时代，诗歌就如草木生长的葱绿、繁盛，到了唐朝，诗歌进入了寻常百姓家，鼎盛时期，诗歌成为唐社会一种歌吟的生活。据不完全统计，仅有5000多万人的唐朝就有诗人2536名，涌现出王勃、卢照邻、王维、李白、杜甫、孟浩然、高适、岑参、白居易、刘禹锡、韩愈、柳宗元、孟郊、韦应物、贾岛、李贺、顾况等著名诗人，李白、白居易等诗人的诗曾流传至日本、朝鲜等国家，其文化影响了周边70多个国家。来自各国的官员、商人、留学生、旅人、僧侣……都曾在长安感受到帝国诗歌的热度与风情。唐朝作为"诗的国度"是如何建立的，大概有以下几个方面：

一是经济的富裕与繁荣，唐朝大力发展对外贸易，开辟了陆路丝绸之路、海上丝绸之路，西域、波斯及东南亚的商人都可来唐做生意，并制定通商贸易保护政策，让各国商人在贸易市场有一个公平合理的交易。商贸的繁荣，不仅带动沿海城市及内陆城市的发展，还发展出长安、广州、杭州等中心城市，如生活在长安、广州的外国人分别就有10多万人，有来自日本、新罗、突厥、龟兹、波斯等国的商人，有的甚至是举家迁至长安或广州，有管理经验的外国商人、留学生还可提拔做官，并管理外族在长安、广州各方面的事务。

二是引进各国留学人才，开展文化交流，促进双方在政治、文化、外交、宗教、商贸、教育等领域的合作。《资治通鉴》载，贞观十四年即公元640年，在长安国子监外国留学生达8000多人。这些留学生除了学习唐朝的语言外，还要学习政治、外交礼仪、文化、商贸、音乐等方面知识，留下来的留学生可参加科举考试在唐朝做官，或当翻译。据载，外族人在唐朝做官的就有70多位，其中将领有32位。有些留学生落户唐朝后，娶妻安家，还有一家三代做官。翻译在唐朝是令人羡慕的职业，唐朝中书省四方馆就是一个专门的翻译机构。除了引进外语翻译外，还普及培训民间翻译人才，以配合外来民族的交流。突厥语、波斯语、梵语等都是唐朝人学习内容，如玄奘曾跟来长安、洛阳的天竺僧人学习过梵语，到达印度后，会说一口流利的梵语，回国后，他翻译了大量的佛经，并撰写了《大唐西域记》。

三是融合外来的宗教，让长安成为世界的精神信仰场所。唐朝对外来的僧侣传教不排斥，而是以开放的心态容纳了其他宗教的传播。佛教来自印度、祆教来自波斯、景教来自叙利亚，至今，在西安碑林还存有矗立一千多年前"大秦景教流行中国碑"。随着佛教的传播，唐朝已把佛教本土化并创立了中国禅宗，影响深远，成为信士的精神支柱。受佛教的影响，唐朝李白、王维等诗人创作的诗词都颇有禅意哲理的味道。

四是通过通婚联姻方式加强民族团结，促进社会稳定。据载，唐太宗有21个女儿嫁给了异族，而胡汉联姻成为唐朝一大风俗，许多的外来商人在长安娶唐妻、安家，有的一住就是40余年，生活也非常安逸，如品茶、咏诗、听戏、弹奏汉乐胡琴……在唐朝都是很平常的生活，而欣赏音乐的唐人、胡人文化水平非常高。李白曾写了一首《拟古·高楼入青天》："高楼入青天，下有白玉堂。明月看欲堕，当窗悬清光。遥夜一美人，罗衣沾秋霜。含情弄柔瑟，弹作陌上桑。弦声何激烈，风卷绕飞梁。行人皆踯躅，栖鸟起回翔。但写妾意苦，莫辞此曲伤。愿逢同心者，飞作紫鸳鸯。"让在唐的留学生、商人、官员很是羡慕，希望也找到唐朝美人为妻。

宋朝文学

大宋朝　分北南　诗词文　各特色

宋话本	戏杂剧	兼说唱	通白话	
玉观音	斩崔宁	艺术高	流民间	
史长篇	出评话	五代史	前汉书	
三国志	宋遗事	文白杂	民通俗	
说唱文	鼓子词	转赚词	诸宫调	
逐形成	承后继	□□□	□□□	
宋初文	西昆体	杨钱刘	西昆集	
互唱和	诗革新	创词派	出新意	
范王梅	晏欧柳	苏黄秦	二陈周	（范仲淹、王安石、梅尧臣、晏殊、晏几道、欧阳修、柳永、苏轼、黄庭坚、秦观、陈师道、陈与义、周邦彦）
物咏怀	大家范	文韵味	意超卓	
王安石	咏物诗	抒情志	达词炼	
河北民	明妃曲	渔家傲	桂枝香	
篇诗词	具时风	写民苦	赋情致	
散政文	独易帜	褒禅山	谏议书	
伤仲永	上人书	观鲜明	语凝练	
范仲淹	岳阳楼	思境远	气雄浑	
诗词文	游庐山	渔家傲	意淳真	（词《渔家傲·秋思》）
理学宗	周敦颐	文载道	怀其德	
太极图	爱莲说	思无邪	达境界	
新儒学	有二程	创洛学	性至善	（二程为程颢、程颐）
二程集	独刊行	□□□	□□□	
诗散文	数曾巩	理精深	语练洁	
写西楼	写边将	形鲜明	善精工	
墨池记	道山亭	言淳朴	情达理	

鲁山行	梅尧臣	宛陵集	六十卷
婉约派	为晏殊	珠玉词	留百首
浣溪沙	蝶恋花	词华丽	思清雅
晏几道	承父词	小山词	独一格
临江仙	鹧鸪天	词深婉	语工丽
醉翁亭	欧阳修	革文风	留名篇
画眉鸟	朋党论	纵囚论	秋声赋
文赋新	情激越	诗词作	朴新风
柳永词	独一派	雅俗语	赋风情
雨霖铃	望海潮	曲玉管	定风波
词小令	流坊曲	一生穷	醉花柳
创豪派	数苏轼	诗词文	称大家
念奴娇	水龙吟	赤壁赋	词豪放
范增论	贾谊论	随记集	文思涌
推陈新	黄庭坚	江西派	为一宗
登快阁	满庭芳	南乡子	望江东
词严谨	寓意深	口口口	口口口
踏莎行	鹊桥仙	词婉约	数秦观
著兵法	写蚕书	笔利器	文简约
临江仙	洛阳春	陈师道	语简工
尊师道	陈与义	破戒律	自成家
写牡丹	赋伤春	情真切	怀家国
江南春	寇准作	融情景	诗深婉
通音律	创词调	周邦彦	尊正宗
兰陵王	瑞龙吟	语典雅	格严谨
书香门	张元幹	贺新郎	词感慨(《贺新郎·寄李伯纪丞相》)
青玉案	数贺铸	意境幽	离伤感(《青玉案·横塘路》)
南宋期	爱国诗	成主流	物托兴

李清照	誉词宗	声声慢	一剪梅
临江仙	忆秦娥	词婉约	声叠韵
陆游诗	激豪迈	关山月	卜算子
读兵书	关山月	语清新	文工丽
品高洁	辛弃疾	词婉丽	气雄豪
水龙吟	青玉案	破阵子	永遇乐
情洋溢	词旷达	笔雄厚	风多样
遗风烈	岳飞词	满江红	气磅礴
张孝祥	六州歌	念奴娇	激雄健
芦川词	张元干	怀爱国	词风激
石湖词	范成大	朝中措	破阵子
词婉峭	会同馆	催租行	诗民情
诚斋体	杨万里	不一格	新奇趣
登顶山	入淮河	抒情怀	扬正义
插秧歌	秋雨叹	民生诗	言朴实
文天祥	正气歌	零丁洋	慨悲壮
后流派	有四灵	有格律	有江湖
文评论	张朱严	□□□	□□□（张载、朱熹、严羽）
朱子语	四书注	为朱熹	集大成
一元论	典张载	写正蒙	著易说（《正蒙》《横渠易说》）
经致用	笃尚行	□□□	□□□
沧浪诗	数严羽	理论著	影明清（《沧浪诗话》）
清骚雅	典姜夔	江湖词	创特色
点绛唇	庆宫春	杏花天	扬州慢
词灵动	达心境	□□□	□□□
朦胧词	吴文英	风格雅	多酬答
霜叶飞	风入松	唐多令	宴清都
辞律声	化虚实	□□□	□□□

竹山词	蒋捷作	语奇巧	有个性	
女冠子	贺新郎	情真切	语洗练	
雅词派	为周密	文清雅	史学丰	
湖秋月	桥残月	高阳台	曲游春	
律严谨	语典雅	窗旧事	浩然斋	
随文记	具史实	□□□	□□□	
辛派词	刘克庄	言豪放	清婉丽	
木兰花	生查子	戏林推	忆秦娥	
篇篇词	讴现实	□□□	□□□	

金元文学

金元期	有元曲	盛杂剧	有五类（五类是公案戏、爱情戏、水浒戏、历史戏、神道戏）	
论诗句	元好问	西厢记	董解元（论诗绝句、西厢记诸宫调）	
诗词文	袭唐宋	□□□	□□□	
四大家	虞范杨	揭奚斯	堪称名（虞集、范梈、杨载）	
元散曲	成主流	令散套	曲骚雅（散曲分小令与散套）	
打新荷	元好问	诗词曲	谐精通	
一枝花	马致远	曲小令	五十二（《骤雨打新荷》《南吕·一枝花》）	
夺锦标	典白朴	人月圆	张可久（《黄钟·人月圆》）	
干荷叶	刘秉忠	山坡羊	张养浩	
端正好	刘时中	辞采新	富现实（《正宫·端正好》）	
元杂剧	有创意	剧形式	曲宾科	
角分工	有四种	□□□	□□□（剧本四种角色是旦、末、净、丑）	
名作家	关王白	康纪萧	马乔高	

关汉卿	窦娥冤	救风尘	望江亭
单刀会	富戏剧	传不朽	□□□
王实甫	西厢记	爱情剧	彰自由
飞文采	有白朴	梧桐雨	墙头马
曲词美	情剧真	□□□	□□□
康进之	李负荆	水浒戏	塑形象(《李逵负荆》)
纪君祥	赵孤儿	戏悲壮	显忠义(《赵氏孤儿》)
萧德祥	杨劝夫	辞俚俗	受欢迎
马致远	汉宫秋	美曲词	表忠贞
乔吉剧	两姻缘	扬州梦	戏风情(《两世姻缘》)
元南戏	四传奇	流行远	□□□(南戏四大传奇,有《荆钗记》《白兔记》《拜月亭》《杀狗记》)
琵琶记	为高明	悲情剧	显文采
拜月亭	施惠著	爱情剧	塑形象(《拜月亭记》)
郑光祖	女离魂	曲凄婉	艺术高(《倩女离魂》)

明朝文学

明代期	名小说	流传奇	诗复古
兴戏剧	传歌谣	讲史本	各一枝
章回体	渐成书	三国义	罗贯中
水浒传	施耐庵	西游记	吴承恩
金瓶梅	兰陵笑	封神义	钟许著
喻警醒	冯梦龙	承话本	立新意
案惊奇	凌濛初	通俗文	蔚成风
评史记	金圣叹	□□□	□□□
倡戏曲	著杂剧	明中兴	晚明灿
戏领先	汤显祖	临川梦	四剧本

紫钗记	邯郸记	牡丹亭	南柯记
惊剧坛	影深远	□□□	□□□
正音谱	为朱权	诚斋乐	朱有燉(《太和正音谱》《诚斋乐府》)
娇红记	刘东生	精忠记	姚茂良
千金记	有沈采	金印记	苏复之
连环计	为王济	香囊记	邵灿作
明中期	兴杂剧	徐康冯	出二王(徐渭、康海、冯惟敏、王九思、王骥德)
四声猿	徐渭作	南词叙	价值高
中山狼	康海著	僧尼犯	冯惟敏
杜子美	王九思	宝剑记	李开先
浣纱记	梁振鱼	意中缘	李渔创
鸣凤记	王世贞	□□□	□□□
明后期	形流派	有临吴	□□□
吴江派	独树帜	□□□	□□□
红梅记	周朝俊	爱情戏	流传广
玉簪记	高濂作	娇红记	孟称舜
义侠记	沈璟著	麒麟阁	李玉创
戏曲论	王骥德	曲律卷	自体系
南词谱	李沈编	北词谱	李朱订(《南词曲谱》由李玉参订,《北词广正谱》由李玉和沈自晋编制)
明哲文	治修养	出大家	□□□
菜根谭	洪应明	呻吟语	数吕坤
小窗记	陈继儒	语闲情	含意蕴
菉竹堂	叶盛作	续藏书	为李贽(《菉竹堂稿》)
传习录	王阳明	日知录	顾炎武
船山书	王夫之	写诗籔	胡应麟(《船山遗书》)

明诗文	派林立	兴文社	台阁体
唐宋派	公安派	竟陵派	文复社
各举旗	具风格	口口口	口口口
三大家	刘宋高	诗歌文	各有长
群龙图	刘基创	古朴雄	成一家
秦士录	宋濂撰	文简雅	辞丰富
望大江	高启作	风豪放	词秀逸（《登金陵雨花台望大江》）
台阁体	为三杨	主颂歌	重声律（杨荣、杨溥、杨士奇）
有名声	为于谦	石灰吟	抒清洁
七子文	推复古	崇诗文	秦汉唐（前七子有何景明、李梦阳、王九思、王廷相、康海、边贡、徐祯卿，后七子有徐中行、李攀龙、王世贞、宗臣、吴国伦、梁有誉、谢榛。）
唐宋派	茅唐归	文通俗	情达意（茅坤、唐顺之、归有光）
公安派	数三袁	彰淡雅	不拘格（三袁指袁宏道、袁宗道、袁中道）
竟陵派	为钟谭	抒性灵	脱现实（钟惺、谭元春）
兴复社	典陈张	秋杂感	陈子龙（《秋日杂感》）
汉魏集	张蒲编	口口口	口口口（《汉魏六朝一百零三人集》）
散民谣	数王陈	朝天子	王磐作
滑稽韵	陈铎写	农家苦	冯惟敏（《滑稽余韵》）
陶情乐	杨慎创	写游记	徐霞客（《陶情乐府》《徐霞客游记》）
民间歌	无名氏	留千首	情真挚
罗江怨	桐城歌	挂枝儿	词清新
情率真	多传咏	口口口	口口口

清朝文学

大清朝	文杂丰	十三类	各派立	
戏剧丰	小说兴	口口口	口口口	
散杂文	融情理	文意深	出大家	
民遗风	明气节	黄顾王	显大家	（黄宗羲、顾炎武、王船山）
天下书	顾炎武	通鉴论	王夫之	
思旧录	黄宗羲	文激扬	格高雅	
西湖梦	为张岱	闲情寄	为李渔	
桐城派	方刘姚	姜邵全	讲文法	（方苞、刘大櫆、姚鼐）
言精炼	文清新	狱中记	典方苞	
泰山记	为姚鼐	围炉话	王永彬	
幽梦影	张潮创	所好轩	为袁枚	
著原善	典戴震	写艺概	刘熙载	
病罪言	方东树	文史义	章学诚	
浮生记	沈复著	自传文	随性情	
盐原记	黎庶昌	庸庵文	薛福成	
写问说	数刘开	人间词	王国维	
革命序	章炳麟	中国说	梁启超	
诗文坛	派别多			
江左家	钱谦益	吴伟业	龚鼎孳	（江左三大家，钱谦益《投笔集》、吴伟业《临春阁》、龚鼎孳《定山堂集》）
词宛转	意蕴深	口口口	口口口	
诗浙派	朱彝尊	青玉案	词淡雅	
神韵派	王世贞	灞桥寄	情韵味	
纳兰词	芊曼丽	迦陵词	陈维崧	（纳兰性德《纳兰词》《蝶恋花》）
常州词	张慧言	水调歌	雅俊逸	

格调派	沈德潜	刈麦行	平朴实	
阳湖派	数恽敏	性灵派	为袁枚	
荆卿里	清韵长	□□□	□□□	
自由诗	仓央嘉	写问佛	有哲思	（仓央嘉措）
诗大家	龚自珍	咏史诗	擅比兴	
嘉峪关	林则徐	雄气魄	富正气	
魏源诗	江南吟	语质朴	明通达	
还家行	郑板桥	□□□	□□□	
湘乡派	曾国藩	著诗集	领风气	
宗宋派	同光体	沈郑陈	□□□	（沈曾植、郑孝胥、陈三立）
陈三立	泊吴城	语义清	□□□	
诗革命	文改良	梁康谭	黄章陈	（梁启超《志未酬》、康有为《南海先生诗集》、谭嗣同《仁学》、黄遵宪《人境庐诗草》、章炳麟《章氏丛书》、陈天华《警世钟》）
诗豪迈	数秋瑾	语朴素	具感染	
写花朝	苏曼殊	□□□	□□□	
写原诗	为叶燮	□□□	□□□	（原诗为诗歌理论著作）
戏小说	盛民间			
笠翁曲	李渔作	清忠谱	李玉撰	（《笠翁十种曲》）
十五贯	朱確写	读离骚	为尤侗	
李姬传	侯方域	□□□	□□□	
长生殿	洪升作	情曲折	言清流	
桃花扇	孔尚任	剧精巧	艺完美	
剧传奇	吴伟业	临春阁	史改编	
聊斋志	蒲松龄	□□□	□□□	
儒林史	吴敬梓	讽刺史	开先河	

镜花缘	李汝珍	文诙谐	情虚幻
红楼梦	曹雪芹	笔精湛	情曲折
儿女传	名文康	荡寇志	俞万春
姻缘传	西周生	侠五义	俞樾著(《七侠五义》)
官场记	李宝嘉	怪现状	吴趼人(《官场现形记》《二十年目睹之怪现状》)
残游记	刘鹗作	海上花	韩子云(《老残游记》)
孽海花	曾朴创		
文经典	热西方	莱布茨	中国学(莱布尼茨《论中国人的自然神学》)
比尔格	孔格言	舒尔策	孔警句(比尔芬格、孔子格言、孔子警句)
殷铎泽	译大学	柏应理	译论语
卫方济	译孟子	威尔森	好逑传(威尔金森)
杜哈德	中国志	汤姆斯	花笺记
锐慕萨	玉娇梨	□□□	□□□
戴维斯	小说集	□□□	□□□
译中诗	为歌德	生灵感	中德咏

戏剧（当代）

新戏剧	承传统	地域剧	各齐放
京越昆	滇豫晋	川淮蒲	蒙楚汉
梨园戏	黄梅戏	花鼓戏	歌音乐
童舞剧	三百种	有特色	赋风情
梁山伯	祝英台	徐进编	兴民间(《梁山伯与祝英台》)
十五贯	天仙配	改编剧	推陈新
望长安	龙须沟	老舍作	具风格
马兰花	任德辉	漳河湾	张万一

黄花岭	舒慧创	写归来	鲁彦周
写红河	为石汉	娘子军	梁信创（《红色娘子军》）
战南移	胡可创	明朗天	曹禺著（《战线南移》《明朗的天》）
万千山	陈其通	保和平	宋之的（《万水千山》《保卫和平》）
黎黑暗	傅铎创	口口口	口口口（《冲破黎明前的黑暗》）
关汉卿	田汉作	蔡文姬	郭沫若
星燎原	赵起扬	灯下兵	沈西蒙（《星火燎原》《霓虹灯下的哨兵》）
红楼梦	徐进作	大灰狼	张天翼
洪湖队	梅张欧	诺敏河	安波创（《洪湖赤卫队》《春风吹到诺敏河》）
刘三姐	邓昌伶	阿诗玛	李坚创
雷锋剧	田川创	红梅岭	裴裴作
向阳川	刘高康	写江姐	为阎肃
欧阳海	张永枚	阿古丽	海啸创
写海霞	为陆榮	南长城	程若编
张思德	潘一尘	红灯记	沈默君
杜鹃山	王树元	口口口	口口口
新时期	创作丰	口口口	口口口
临川梦	戏昆曲	承传统	现舞台
写曙光	为白桦	刘胡兰	任萍编
兰花花	刘艺创	丹心谱	苏叔阳
写彼岸	高行健	报春花	崔德志
枫叶红	王景愚	高粱红	为李杰（《枫叶红了的时候》）
傲蕾兰	丁田创	北大荒	杨宝琛（丁毅、田川，《北京往北是北大荒》）
秋风辞	周长赋	吴王歌	杨小白（《吴王悲歌》）
苗歌剧	百鸟图	张子伟	民风情

201

琵琶行	张重天	血与火	钱志成
绣花鞋	朱良维	木棉花	丁田创（丁毅、田川）
双连环	朱佩国	火把节	陆棨编
月娘歌	黄奇石	郎织女	詹益川（《牛郎织女》）
船过渡	沈虹光	著童心	秦培春（《同船过渡》）
金蜉蝣	罗怀臻	死水澜	徐棻编（《金龙与蜉蝣》《死水与微澜》）
狸猫子	郑瑞棠	马御史	盛和煜（《狸猫换太子》《瘦马御史》）
红旗下	李龙云	访天边	丁伟创（《正红旗下》《妈勒访天边》）
葫芦庙	范莎侠	珍珠塔	洪江高（洪清雪、江牧非、高庸、简远信）
红雪花	陈小玲	别妻书	林端武
宫墙柳	郑朝阳	都市曲	历震林（《都市晨曲》）
彭将军	王德英	无声处	宗福先（《彭大将军》《于无声处》）
炮台山	沈福庆	李世民	颜海萍
爱之歌	艾长绪	四姑娘	魏明伦
甲申祭	刘和平	北京人	林兆华
写斯凡	孟京辉	绝信号	高行健（《绝对信号》）
古塔街	杨利民	故人来	白峰溪（《风雨故人来》）
秧歌曲	王正编	南唐事	郭启宏（《南唐遗事》）
汉宫怨	顾锡东	刘罗锅	陈亚先
李双双	杨兰春	驴得水	周申创
黄土谣	孟冰作	邵江海	曾学文
霸王姬	杨林写	败萧何	李莉创
马蹄碎	姚远作	东郡王	范莎侠（《马蹄声碎》《东吴郡王》）
马陵道	陈健秋	堂吉德	孟京辉（《堂吉诃德》）
风卜奎	张明媛	写天籁	为唐蒲（《风刮卜奎》、唐栋、蒲逊）
五姑娘	何金莫	口口口	口口口（何兆华、金梅、莫凡）

有毒药	万方著	节妇吟	王仁杰(《有一种毒药》)
赵氏孤	于青峰	彩畲乡	姜朝皋(《赵氏孤儿》、畲歌戏《七彩畲乡》)
柠檬味	邱建秀	走阳光	彭铁森(《柠檬黄的味道》《走进阳光》)
傅山京	郑怀兴	王茂生	周祥光(《傅山进京》《王茂生进酒》)
树西迁	陈彦创	风雨园	陈涌泉(《大树西迁》《风雨故园》)
写知己	郭启宏	男女人	李宝群(《矸子山的男人与女人》)
阿搭嫂	曾学文	顾家姆	陆伦章(《顾家姆妈》)
毛畅想	孟冰作	明贤后	刘杜成(《毛泽东在西柏坡的畅想》《大明贤后》)
爱桃花	邹静之	甲子园	何冀平(《我爱桃花》)
编瓷魂	苏时进	玉卿嫂	曹路生（舞剧《瓷魂》）
写银河	黄哲伦	半生缘	刘志康
冰山客	姚承勋	杜十娘	居其宏（音乐剧《冰山上的来客》）
秦始王	谭盾创	诗李白	林郭廖（歌剧《诗人李白》）
茉莉花	张名河	白蛇传	林晓英
赵孤儿	邹静之	贞观事	戴梁作(《赵氏孤儿》《贞观盛事》)
苏牧羊	李树建	桃花雨	曹宪成(《苏武牧羊》)
玄奘行	姜莹编	器乐剧	风国外(《玄奘行》)
谷文昌	王文胜	追云天	王俭写(《追梦云天》)
沂蒙山	王晓玲	香山夜	李宝群

诗歌（当代）

新诗歌	激豪情	喻新巧	颂时代
甘蔗林	三门峡	郭小川	鹏万里(《甘蔗林——青纱帐》《鹏程万里》)
十年歌	雷锋歌	中国月	贺敬之(《十年颂歌》《雷锋之歌》《中

			国的十月》）
写葬歌	有穆旦	□□□	□□□
大堰河	艾青抒	光赞歌	成诗集（《大堰河——我的保姆》《光的赞歌》）
原上草	公刘创	生命叶	李瑛写（《离离原上草》《生命是一片叶子》）
天台下	任洪渊	信未来	食指创（《北京古司天台下》《相信未来》）
写星星	雷抒雁	绿音符	傅天琳（《绿色的音符》）
朦胧诗	顾北舒	崛诗坛	具影响
致橡树	舒婷创	一代人	顾城作
回答诗	北岛写	向日葵	芒克创（《阳光中的向日葵》）
雪白墙	梁小斌	写慈航	为昌耀（《雪白的墙》）
太阳光	十二首	为江河	意象新（《太阳和它的反光》）
黄金树	杨练作	零档案	于坚创
理性梦	刘自力	我是雪	严力写（《理性析梦》）
从开始	江河创	致太阳	多多作（《从这里开始》）
大雁塔	韩东抒	想象鸟	周伦佑（《想象大鸟》）
写客居	孙文波	写女神	骆一禾
辞海渊	廖亦武	群山中	吕德安
青绿脉	王小妮	中文系	李亚伟（《青绿色的脉》）
朝大海	春花开	数海子	诗清新（《面朝大海、春暖花开》）
时代场	陈东东	出梅夏	陆忆敏（《时代广场》《出梅入夏》）
创渡湖	为万夏	写冬天	为孟浪
两重凑	叶延滨	诺日朗	杨练创
年轻潮	汪国真	拒未日	李松涛（《年轻的潮》《拒绝末日》）
寻光荣	属辛茹	何人斯	为张枣（《寻觅光荣》）
写厄运	为西川	影子哥	为诗阳

的僧侣	马永波	翻书候	李元胜(《日子如一对沉默的僧侣》《翻书的时候》)
创誓言	数戈麦	写世界	为徐江
柏拉图	西渡创	抒情诗	藏棣作(《雪景中的柏拉图》)
写凝视	韩作荣	诗摇滚	杨碧薇
砂之塔	杨森君	灵魂场	李永才(《灵魂的牧场》)
远去天	曾哲创	异性村	艾子作(《远去的天》《异性的村庄》)
写变奏	为阿毛	的语言	为姚辉
在黄昏	为杨健	布道者	为余怒
等戈多	伊沙作	写盲者	是蓝蓝
交响曲	谯达摩	写断章	吴晨骏
五月伤	木朵书	西风颂	朵渔创
写声音	为孙磊	写献诗	是范想
水边书	胡续东	四季歌	杨小滨
林中路	为宋非	一代人	是马兰
写夜歌	为庞培	时速度	为吕叶(《时间与速度》)
词变迁	沈浩波	风在吹	张牧笛(《词语的变迁》)
长安雪	吴桂君	两竹筐	苏笑嫣(《长安落雪》《两只竹筐》)
写洪荒	为陈昂	写别离	为边琼
的时间	为潇潇	著纸梯	车前子(《踮起脚尖的时间》)
我坦途	沈苇著	像亲人	荣荣创(《我的尘土　我的坦途》《像我的亲人》)
草部落	毕翼创	首素歌	瞿永明(《干草部落》《十四首素歌》)
塔写生	雷子作	爱火焰	伊蕾创(《对白塔的一次写生》《爱的火焰》)
时针夜	马莉著	写行者	为多多(《时针偏离了午夜》、扎西拉姆·多多)
民族诗	赋时代	心故园	舒洁创(《心灵的故园》)

写祖母	南永前	黑天神	晓雪作(《大黑天神》)
鹰太阳	吉马加	写飞马	阿尔泰(《鹰翅与太阳》、吉狄马加)
美旋律	木斧作	写沉船	阿翼人(《美的旋律》、阿尔丁夫·翼人)
娜夜诗	娜夜创	渔的安	何小竹(《娜夜诗选》《梦见苹果和鱼的安》)
写幻河	马新朝	柠檬叶	傅天琳(《柠檬的叶子》)
喊故乡	田禾创	长征路	黄亚洲(《行吟长征路》)
漠孤烟	为商震	著天籁	为李琦(《大漠孤烟》)
向温暖	车延高	云南记	雷平阳(《向往温暖》)
北京来	梦野作	长安书	耿翔创(《在北京醒来》)
个人史	为大解	西部诗	为胡杨
冷抒情	曹谁作	写默读	盛华厚
写红鸟	为张元	牧青春	董喜阳
海天集	李少君	糖果屋	张战创(《黑色的糖果屋》)
鸦与雪	雨田写	轻轻叫	华万里(《纪念·乌鸦与雪》《轻轻惊叫》)
写原野	吴昕孺	浣洗月	梁尔源(《浣洗月亮》)
巴渝吟	王明凯	暴雨至	周瑟瑟(《巴渝行吟》《暴雨将至》)
还魂记	马晓康	伊甸园	吕达著(《伊甸园纪事》)
夜秋雨	苏笑嫣	的群山	江离作(《夜来秋雨》《不确定的群山》)
浮士生	远村创	雪火焰	成路作(《浮士与苍生》《雪火焰之外》)
写偏离	李小洛	写冬日	为杨健
过黄河	伊莎作	写泪水	是桑克
丹青见	陈先发	白云铭	为江非
立夏书	吴少东	冒险岛	杜绿绿

人间帖	李瑾作	极地境	安琪创(《极地之境》)
黑麋鹿	海男创	那些年	邢晓敏(《忧伤的黑麋鹿》《路过那些年》)
寒时刻	江汀作	写芦花	黄玉龙
山那边	王家新	水之痕	水子创(《在山的那边》)
裂星球	吉马加	地平线	曾凡华(《裂开的星球》、吉狄马加,《辽源地地平线》)
女囚言	度姆妃	爱过了	金铃子(《女囚宣言》度姆洛妃,《该爱的已都爱过了》)
遇一个	林雪写	不忘记	王姘丁(《遇见这一个》《从不敢忘记》)
复乐园	胡茗茗	生死欲	西木创
写窗外	蒋宜茂	的神灵	李自国(《骑牧者的神灵》)
春风里	罗秋红	空镜子	王学芯
写密林	为彭杰	忆故人	为育邦
水事情	潘维创	万物生	韩文戈(《水的事情》)
写沙漏	为胡弦	变幻水	王桂林(《变幻的河水》)
音乐神	许劲草	□□□	□□□(《音乐女神》)
写九章	陈先发	高原花	张执浩(《高原上的野花》)
去人间	汤养宗	与朝霞	杜涯创(《落日与朝霞》)
山海间	陈人杰	天空下	路也写
月青铜	刘笑伟	创奇迹	为韩东(《岁月青铜》)
诗歌学	藏棣创	□□□	□□□(《诗歌植物学》)

诗歌：治愈心灵一味良药

在中国古代诗歌中，有两个黄金时代，它是历史文化河流中铸造的辉煌，如先秦诗歌、唐宋诗词都是诗歌最辉煌的黄金时代，它赋予了那个时期的文学生活语言、韵律、故事。《诗经》中作品来自民间、权贵、宗教，虽然诗人诗作很少，大部分来自民间无名作者，但代表了先秦诗歌的黄金时代。盛唐是诗的国度，也是诗歌的黄金时代，仅有 5000 多万人的唐朝就有诗人 2536 名，涌现出王勃、卢照邻、王维、李白、杜甫、孟浩然、高适、岑参、白居易、刘禹锡、韩愈、柳宗元、孟郊、韦应物、贾岛、李贺、顾况等著名诗人，李白、白居易等诗人的诗词曾流传至日本、朝鲜等东南亚国家。宋朝的诗人比唐朝诗词人多了 2 倍多，达 7868 名，诗词构建出大宋的旋律与繁华，特别是诗词列入宋朝科考的内容，也显示出诗词在政治生活中的地位。宋代出名的诗人有李清照、苏轼、辛弃疾、范仲淹、柳永、秦观、陆游、温庭筠、王禹、杨万里、欧阳修、范成大等。

在当代，将迎来一个诗歌的黄金时代，从 20 世纪初就开创出白话诗歌，它改变了古人的诗词格律，以全新白话通俗语言托物言志、借景抒情，迎来了现代诗歌的光明。三四十年代出名的诗人有徐志摩、林薇因、艾青、郭沫若、戴望舒、茅盾、卞之琳、何其芳、冯至、屠岸、穆旦、辛笛、纪弦等。到了 20 世纪八九十年代，中国大地出现了诗歌的热潮，出名的诗人有舒婷、北岛、芒克、汪国真等，至 21 世纪初又出现了网络诗歌浪潮，涌现出李小洛、欧阳江河、潇潇、刘川等一大批诗人。

这波诗歌时代的浪潮，也将在未来的十多年迎来诗歌的黄金时代。

一是写诗和读诗形成了良好的社会生活氛围。随着传统诗歌在学校、社会、生活中的普及，诗歌已受到热烈的推崇，全民欣赏诗歌的文化水平越来越高。

二是诗歌评奖机制具有公开性、公正性、社会性。评奖成为诗人的一大幸事，获奖的诗人除了获得名利，更多的是对创作的价值肯定，激发创作热情，让诗歌成为一种社会生活。在当代中国诗歌奖项中，有许多的奖项，有冠以名人名字诗歌奖，如陈子昂诗歌奖、李白诗歌奖、中国屈原诗歌奖、杜牧诗歌奖、徐志摩诗歌奖、闻一多诗歌奖、袁可嘉诗歌奖等,有以文学刊物设立的诗歌奖,如诗刊年度诗人奖、人民文学紫金星诗歌奖、星星年度诗人奖、十月诗歌奖,《中国诗歌导读》编委会、国际诗歌翻译研究中心、《世界诗人》杂志举办的中国当代诗歌奖,由国际汉语诗歌协会、安徽师范大学中国诗学研究中心、《诗选刊》杂志社、《诗潮》杂志社举办的中国青年诗人奖,《诗探索》编委会举办的华文青年诗人奖,当代汉语诗歌研究中心、《羊城晚报》《诗歌月刊》《潇湘晨报》、红网、天涯社区等联合举办的"当代十大新锐诗人评选",有以诗歌网评选的诗人奖,如中国诗歌网评选的十佳诗人奖。中国当代十大杰出民族诗人诗歌奖是中国少数民族诗歌创作的最高成就,获奖的诗人有吉狄马加、晓雪、阿尔丁夫·翼人、阿尔泰、舒洁、列美平措、南永前、木斧、何小竹、娜夜。

  三是诗歌在表达方式上更赋予一种生活的审美与创造。如诗歌赋予的灵思、奔放、自由、抒情、寄托、言志……都容易被人创作咏怀,而诗歌表现手法、技巧的运用,诗歌更有感情的旋律、节奏、意境、想象……可以说诗歌是生活、是文化、是精神、是艺术,可以用诗性的语言表达人性的真善美,可以用诗性的语言鞭挞人性中的丑与恶。

  四是诗歌题材广泛。诗歌可以穿越,在古今中穿越、在时空中穿越、在自然中穿越……生活、社会、爱情、战争、农牧、宗教、教育、自然、心灵、贫穷、富裕……在诗歌里都能成为物象与体验,找到本真、自我、时代、印象、情境、胸臆……

  五是诗歌是治愈现代心灵的一味灵药。诗歌就是草本植物,治愈心灵,疗养心灵,寄予生命中的一种关怀,给予精神中的一种娱乐,赋予人生中的一种理想。

鲁迅文学奖(诗歌奖)

第一届诗歌奖:《生命是一片叶子》李瑛,《今天没有空难》匡满,《韩作荣自选集》韩作荣,《在瞬间逗留》沈苇,《鸟落民间》张新泉,《狂雪》王久辛,《寻觅光荣》辛茹,《拒绝末日》李松涛。

第二届诗歌奖:《羞涩》杨晓民,《曲有源白话诗选》曲有源,《地球是一只泪眼》朱增泉,《西川的诗》西川,《纯粹阳光》曹宇翔。

第三届诗歌奖:《野诗全集》老乡,《郁葱抒情诗》郁葱,《幻河》马新朝,《幸存的一粟》成幼殊,《娜夜诗选》娜夜(满、女)。

第四届诗歌奖:《喊故乡》田禾,《看见》荣荣,《行吟长征路》黄亚洲,《大地葵花》林雪,《只有大海苍茫如幕》于坚。

第五届诗歌奖:《烤蓝》刘立云,《向往温暖》车延高,《李琦近作选》李琦,《柠檬叶子》傅天琳,《云南记》雷平阳。

第六届诗歌奖:《整理石头》阎安,《个人史》大解,《忧伤的黑麋鹿》海男,《将进茶——周啸天诗词选》周啸天,《无限事》李元胜。

第七届诗歌奖:《去人间》汤养宗,《落日与朝霞》杜涯,《沙漏》胡弦,《九章》陈先发,《高原上的野花》张执浩。

第八届诗歌奖:《岁月青铜》刘笑伟,《山海间》陈人杰,《奇迹》韩东,《天空下》路也,《诗歌植物学》藏棣。

散文(当代)

新散文	时印记	出名篇	题广阔
杨秦刘	魏巴徐	冰曹刘	各特色(杨朔、秦牧、魏巍、巴金、徐迟、冰心、曹靖华、刘白羽)
在朝鲜	樱花雨	荔枝蜜	茶花赋
杨朔著	情郁浓	构精巧	语清新

浪花集	古春晓	秦牧创	明风格
艺拾贝	语采英	文论集	有思想（《艺海拾贝》《语林采英》）
江三日	入教材	刘白羽	鲜时代（《长江三日》）
红玛瑙	芳草集	笔雄健	语绚丽（《红玛瑙集》）
春漫笔	可爱人	魏巍作	文优美（《谁是最可爱的人》）
倾感情	巴金创	生忏悔	撼人心（散文集《倾不尽的感情》《生之忏悔》）
狱中记	传记作	革先驱	文论著（《革命的先驱》）
热激情	语精粹	富感染	影深远
祁连山	黄山记	为徐迟	情真切
朴素华	雄文放	□□□	□□□
试金石	王鼎钧	语平实	赋励志（《人生试金石》）
我家里	冰心作	思灵巧	文清新（《我的家在哪里》）
飞花集	曹靖华	文严谨	语精工
蒲桥集	人草木	汪曾祺	平质朴（《人间草木》）
咀华集	李健吾	登泰山	入课本（《雨中登泰山》）
龙山记	柯灵创	写风情	有数篇
文苦旅	余秋雨	富文采	有哲思（《文化苦旅》）
山笔记	冷长河	行无疆	平自然（《山居笔记》《霜冷长河》《行者无疆》）
塘荷韵	清华园	季羡林	语朴素（《清塘荷韵》《清华园日记》）
婉约怀	马步升	夹历史	朱鸿创（《婉约怀怀》《夹缝中的历史》）
我们仨	典杨绛	牵牛花	为严秀（《牵牛花蔓》）
江南绿	艾煊创	的经典	鄢烈山（《烟水江南绿》《一个人的经典》）
散文集	张抗抗	大雅言	李国文（《张抗抗散文》《大雅村言》）
病随笔	史铁生	语东北	素素创（《病隙随笔》《独语东北》）

藏兵书	王宗仁	□□□	□□□(《藏地兵书》)
千岛湖	叶文玲	音乐记	肖复兴(《美韵无限千岛湖》《音乐笔记》)
生命口	熊育群	日暮影	赵丽宏(《生命打开的窗口》《日暮之影》)
遥完美	铁凝著	树女人	张立勤(《遥远的完美》《树中女人》)
沉思录	林非写	莲开放	程然著(《人海沉思录》《莲花次第开放》)
哲思录	周国平	文通俗	思内涵
写虚土	在新疆	刘亮程	言厚重
爱踪迹	贾平凹	富哲理	重境界(《爱的踪迹》)
红经典	人杰雄	梁衡创	并情理(《红色经典》《人杰鬼雄》)
石英集	石英创	盏渔火	卢锡铭(《石英散文集》《带走一盏渔火》)
青春行	柔力量	毕淑敏	文质朴(《青春当远行》《柔和的力量》)
如初见	思无邪	安意如	意韵长(《人生若只如初见》)
写折扇	唐朝晖	写黄河	为洪烛
雨四季	小女孩	刘湛秋	情真挚(《雨的四季》)
人生谈	高洪波	巨鲸唱	周晓枫(《人生趣谈》《巨鲸歌唱》)
精神归	朱铁志	乡记忆	刘家科(《精神的归宿》《乡村记忆》)
南水北	韩少功	遥天堂	裘山山(《山南水北——八溪峒笔记》《遥远的天堂》)
生命喊	张雅文	到汶川	关云山(《生命的呐喊》)
婚姻水	格致创	布孙犁	孙晓玲(《婚姻流水》《布衣》《我的父亲孙犁》)
写碑说	吴克敬	一生活	姚正安(《一种生活》)
□□□	□□□	风行水	郑彦英(《风行水上》)

的祖先	熊育群	的字母	陆春祥(《路上祖先》《病了的字母》)
野菊花	余世存	岁安稳	白落梅(《我看见了野菊花》《岁月静好，现世安稳》)
拜大地	周振华	赏玫境	陈晓虹(《跪拜大地》《赏玫的心境》)
春草录	周明写	江南歌	丁帆创(《又是一年春草录》《江南悲歌》)
自笔记	杨文丰	谁的脸	陈染作(《自然笔记》《谁掠夺了我们的脸》)
先风气	穆涛创	回鹿山	侯建飞(《先前的风气》)
写觅渡	邢小俊	敬惜别	张承志(《敬重与惜别》)
宛城变	马伯庸	漓江韵	丛维熙(《宛城惊变》《漓江情韵》)
我父辈	阎连科	审童年	蒋方舟(《我与父辈》《审判童年》)
茶可道	潘向黎	马坊书	耿翔创
沙漠光	杨献平	卷星辰	汗漫作(《沙漠里的细水微光》《一卷星辰》)
黄天际	曹丽琴	陇上行	于坚创(《黄鹤楼头，长江天际》)
民有味	李汀写	瓷之纹	马未都(《民间有味》)
青鸟集	李敬泽	写梁庄	为梁鸿(《青鸟故事集》)
看云集	数吴震	草木间	高亚平(《草木之间》)
父雪山	母草地	贺捷生	情真实(《父亲的雪山，母亲的草地》)
梦祁连	雷达创	词片断	蒋蓝作(《梦回祁连》《词锋片断》)
苦辉煌	金一南	写眠空	安宝贝(《苦难辉煌》、安妮宝贝)
倾城记	雪小禅	口口口	口口口
地平线	高建群	地花影	刘亚丽(《西地平线》《一地花影》)
国蜀道	王蓬作	独无疆	赵峰创(《中国蜀道》《孤独无疆》)
生死村	袁云创	游戏谱	宋长征(《生死杨村》《乡村的游戏谱》)

时间力在新疆	夏立君刘亮程	国文章的走马	胡竹峰(《时间的压力》《中国文章》)鲍尔吉(《流水似的走马》鲍尔吉·原野)
城与年	宁肯创	山袈裟	李修文(《北京：城与年》《山河袈裟》)
遥远地路辉煌	李娟创韩静霆	□□□孩驴水	□□□(《遥远的向日葵》)梁晓声(《一路辉煌》《孩子、驴子和水》)
写寄居写冬至人之城	陈蔚文为庞培邱华栋	执灯人写独行天如水	苏沧桑陈伟宏熊莺创(《让散后，一钩新月天如水》)
士与绅	阿来创	祠堂量	詹谷丰(《士与绅的最后遭逢》《一幢祠堂的重量》)
写晴朗绕家山不怀旧	姜念光柏峰写李忆莙	人地图再马关汉潮流	南帆创(《一个人的地图》)祝勇作(《归梦绕家山》《再见马关》)陈若曦(《不光是怀旧》《汉字简化是顺应世界潮流》)
迁徙乡	梅洁写	大地人	黄灯书(《迁徙的故乡》《大地上的亲人》)
卑力量天地间	郭松应杨海蒂	古调弹春与秋	孙郁创(《卑微的力量》《古调独弹》)李舫写(《走在天地间》《春秋时代的春与秋》)
的故乡陪日记	陈启文刘庆邦	太阳土来看你	宁新路(《无家可归的故乡》)刘玫华(《陪护母亲日记》《河西渡过时光来看你》)
八月炸光阴门	李青松曲梵创	种春天乡愁记	范晓波(《成千上万种春天》)顾晓蕊(《光阴里的南门》《乡愁是与

			生俱来的胎记》)
青浪花	郭建强	诗意居	程鹏创(《青海湖涌起十四朵浪花》《诗意的栖居》)
高考记	江子写	寂静声	冯秋子(《寂静之声》)
大河上	王剑冰	时城堡	向讯作(《时间城堡》)
古典殇	王开岭	口口口	口口口（古典之殇）
小先生	庞余亮	湖消息	沈念作
不是光	陈仓写	大春秋	李舫创(《月光不是光》)

散文：生命文字中的抒情

散文的特色，是让人找到了最富情感的生活语言与抒情方式，从中净化心灵而获得一种超然人生。

散文寄予了生命语言所要表达的意义，特别是在与生命、自然、生活的文字对话中，寻求到心灵的本真、希望、热爱……

散文这一发自内心的精神文字符号，寄予了生命现实的意义，每个人从自己的世界或他人的世界读到真实、读到宁静、读到心灵的广阔……

散文包罗万象，丰富了人的视野与文化生活。那些涉及乡土、城市、人文、自然、爱情、风物、生态、军旅、社会、生活、历史等题材的故事，总被人放进了记忆的转盘，回放并构建人的精神生活。

散文是阅读的一种生活。叙事的散文有平实之感，抒情的散文有诗意之感，议论的散文有真灼之感。散文不论是哪一种表现手法，都具有人生思想启迪意义。

鲁迅文学奖（散文、杂文、文学翻译奖）

第一届散文杂文奖：《我的家在哪里》冰心、《赋得永久的悔》

季羡林、《牵牛花蔓》严秀、《半月随笔二集》雷加、《郭风散文选集》郭风、《烟水江南绿》艾煊

全国优秀理论评论奖获奖作品：《认识老舍》樊骏、《社会主义市场经济与文学价值论》敏泽、《自传统至现代——近四百年中国文学思潮变迁论》陈伯、《论鲁迅与林语堂的幽默观》曾镇南、《茅盾几部重要作品的评价问题》邵伯周

全国优秀文学翻译彩虹奖获奖作品：《华兹华斯抒情诗选》杨德豫译、《艾青诗百首》燕汉生译、《浮士德》绿原译、《修道院纪事》范维信译、《莱蒙托夫全集2·抒情诗Ⅱ》顾蕴璞译

第二届散文杂文奖：《大雅村言》李国文、《山居笔记》余秋雨、《精神的归宿》朱铁志、《昨夜西风凋碧树》徐光耀、《张抗抗散文》张抗抗

全国优秀理论评论奖获奖作品：《"五四"文化革命的再评价》陈涌、《1903：前夜的涌动》程文超、《12个：1998年的孩子》何向阳、《西部：偏远省份的文学写作》韩子勇、《文学理论现代性问题》钱中文

全国优秀文学翻译彩虹奖获奖作品：《济慈诗选》屠岸译、《堂吉诃德》董燕生译、《奥德赛》王焕生译、《秧歌》董纯译、《圣殿》陶洁译

第三届散文杂文奖：《大河遗梦》李存葆、《病隙随笔》史铁生、《独语东北》素素（女）、《一个人的经典》鄢烈山等

全国优秀文学理论、文学评论奖：《难度·长度·速度·限度——关于长篇小说文体问题的思考》吴义勤、《〈手稿〉的美学解读》王向峰、《打开诗的漂流瓶——现代诗研究集》陈超、《朱向前文学理论批评选》朱向前

全国优秀文学翻译奖：《神曲》但丁/著（意大利文），田德望译、《雷曼先生》斯文·雷根纳/著（德文），黄燎宇译

第四届散文杂文奖：《山南水北》韩少功、《辛亥年的枪声》南

帆、《乡村记忆》刘家科、《遥远的天堂》裘山山

全国优秀文学理论评论奖获奖作品：《见证一千零一夜——21世纪初的文学生活》李敬泽、《无边的挑战——中国先锋文学的后现代性》（修订本）陈晓明、《数字化语境中的文艺学》欧阳友权、《当前文学创作症候分析》雷达、《困顿中的挣扎——贾平凹论》洪治纲

全国优秀文学翻译奖获奖作品：《别了，我的书》（大江健三郎·著·日文）许金龙译、《笑忘录》（米兰·昆德拉·著·法文）王东亮译、《斯特林堡文集》（五卷）（斯特林堡·著·瑞典文）李之义译

第五届散文杂文奖：《藏地兵书》王宗仁、《路上的祖先》熊育群、《风行水上》郑彦英、《王干随笔选》王干、《病了的字母》陆春祥

文学理论评论：《五种形象》南帆、《马克思主义文艺理论及其面临的挑战》张炯、《想象与叙述》赵园、《中国文学跨世纪发展研究》高楠、王纯菲，《童年再现与儿童文学重构：电子媒介时代的童年与儿童文学》谭旭东

文学翻译：（空缺）

第六届散文杂文奖：《在新疆》刘亮程、《父亲的雪山 母亲的草地》贺捷生、《先前的风气》穆涛、《巨鲸歌唱》周晓枫、《回鹿山》侯健飞

文学理论评论：《文学革命终结之后——新世纪文学论稿》孟繁华、《陶渊明的幽灵》鲁枢元、《谁也管不住说话这张嘴》程德培、《中国当代文学中沈从文传统的回响——〈活着〉〈秦腔〉〈天香〉和这个传统的不同部分的对话》张新颖、《建设性姿态下的精神重建》贺绍俊

文学翻译奖：《人民的风》埃尔南德斯（西班牙）西译汉，赵振江、《布罗岱克的报告》菲利普·克洛代尔（法国）法译汉，刘

方、《有色人民——回忆录》小亨利·路易斯·盖茨（美国）英译汉，王家湘、《上海，远在何方?》乌尔苏拉·克莱谢尔（德国）德译汉，韩瑞祥

第七届散文杂文奖：《山河袈裟》李修文、《北京：城与年》宁肯、《遥远的向日葵地》李娟、《流水似的走马》鲍尔吉·原野、《时间的压力》夏立君

第八届散文杂文奖：《回乡记》江子、《大春秋》李舫、《大湖消息》沈念、《月光不是光》陈仓、《小先生》庞余亮

报告文学（当代）

报告文	新史记	各题材	风多样
长中短	叙时风	浓生活	动心魄
情悠长	意朴素	文精炼	富感染
哥猜想	为徐迟	剑出鞘	是理由（《哥德巴赫猜想》《扬眉剑出鞘》）
人妖间	刘宾雁	大转折	叶永烈（《人妖之间》《1978，中国命运大转折》）
大雁情	黄宗英	中姑娘	鲁光创（《中国姑娘》）
世界连	胡张著	强国梦	赵瑜作（《世界大串联》胡平、张胜友）
蒙难记	董汉河	唐山震	钱刚创
大屠杀	徐志耕	的悲怆	张建写（《南京大屠杀》《辉煌的悲怆》）
胡杨泪	孟晓云	写命运	为杨郭（杨匡满、郭玉臣）
知青梦	邓贤作	民趋势	李正国（《中国知青梦》《中国农民大趋势》）
温故年	张建伟	敦煌恋	王家达（《温故戊戌年》《敦煌之恋》）
锦州恋	邢曹著	问沧冥	金辉作（《锦州之恋》邢军纪、曹

			岩,《恸问苍冥》)
写血情	张正隆	西移民	麦天枢(《西部在移民》)
生之门	陈祖芬	绿太阳	丰收写
沙风暴	张胜友	移民录	郑家真(《沙漠风暴》《北大荒移民录》)
长江峡	卢跃刚	贵选票	魏董写(《长江三峡》《昂贵地选票》魏荣汉、董江爱)
水中国	徐陈创	梦之坝	刘继明(《水患中国》徐剑、陈昌本)
守天山	党益民	东哈达	徐剑作(《守望天山》《东方哈达》)
城之光	程树臻	的征途	江宛柳(《冰城之光》《没有掌声的征途》)
长江传	徐刚创	将军事	吴东峰(《开国将军轶事》)
没灵魂	杨黎光	西部诉	为梅洁(《没有家园的灵魂》《西部的倾诉》)
个孩子	杨晓开	的朝圣	范隐写(《只有一个孩子》《雪山下的朝圣》)
在作战	朱晓军	写长征	王树增(《天使在作战》)
郑和路	李新峰	花非花	徐风创(《非洲踏寻郑和路》)
监狱记	孙晶岩	后驼队	加央西热(《中国女子监狱手记》《最后的驼队》加央西热)
生与灭	李林樱	湘女山	卢一萍(《生存与毁灭》《八千湘女上天山》)
大审判	郭晓晔	地球村	李鸣声(《东方大审判》《走出地球村》)
馆卫士	陈淀国	地球巅	刘健作(《使馆卫士》《在地球之巅》)
中行动	阿莹作	长相依	王火写(《中国9910行动》)
百里洲	赵胡作	写宝山	李春雷(《革命百里洲》赵瑜、胡世

				全）
山还重	王颖创	饮思源	况浩文（《比大山还重》《饮水思源》）
申奥记	孙大光	冰雪报	陈启文（《中国申奥亲历记》《南方冰雪报告》）
板仓唱	余艳创	写香炉	吴玉辉（《板仓绝唱》）
血试验	刘元举	创新问	陈余作（《滴血试验》《中国创新之问》陈芳、于晓洁）
猎行动	吕铮创	湄公河	冯锐作（《猎狐行动》《亮剑湄公河》）
大移民	冷梦写	挽狂澜	张胜友（《黄河大移民》《力挽狂澜》）
无极路	王宏甲	长征号	李鸣生（《无极之路》）
中速度	王雄创	飞英雄	张子影（《中国速度》《试飞英雄》）
匠精工	陈崎嵘	国重器	徐剑创（《工匠精功》《大国重器》）
蛟龙梦	陈新创	三权利	李英写（《蛟龙逐梦》《第三种权利》）
国行动	何建明	农民工	黄传会（《大国行动》）
写粮道	任林举	写底色	徐怀中
拂挲地	邢小俊	知长征	丁晓平（《拂挲大地》《世界是这样知道长征的》）
写追问	为丁捷	记长征	为艾平（《一个记者的长征》）
震人心	李鸣生	民调查	铁徐写（《震中在人心》《中国民办教育调查》铁流、徐锦庚）
信仰价	杨文学	口口口	口口口（《信仰无价》）
袁隆平	陈启文	天海岳	长江创（《袁隆平的世界》《天开海岳：走进港珠澳大桥》）
塞罕坝	蒋巍写	乡国事	纪红建（《塞罕坝的意义》《乡村国事》）
西长城	丰收创	第四极	许晨写（《第四极：中国"蛟龙"号挑战深海》）
大森林	徐刚创	写朋友	李春雷（《朋友：习近平与贾大山交

			往纪事》)
大西域	高红雷	刀舞者	沙志亮(《大写西域》《刀尖上的舞者》)
安魂曲	赵方新	十八洞	李迪著(《中国老兵安魂曲》《十八洞村的十八个故事》)
金青稞作	徐剑作	爱礼物	哲夫创(《爱的礼物》)
生命征	刘蔡书	金银潭	李春雷(《生命之征》刘诗伟、蔡家园)
犀鸟录	张庆国	□□□	□□□(《犀鸟启示录》)
国温度	蒋巍创	中北斗	龚盛辉(《国家温度》《中国北斗》)
船启航	丁晓平	江山娇	欧黔森(《红船启航》《江山如此多娇》欧阳黔森)

鲁迅文学奖（报告文学）

第一届报告文学奖

邢军纪、曹岩《锦州之恋》，杨黎光《灵魂何归》（亦名：《没有家园的灵魂》），冷梦《黄河大移民》，一合《黑脸》，金辉《恸问苍冥》，江宛柳《没有掌声的征途》，郭晓晔《东方大审判》，张建伟《温故戊戌年》，陈桂棣《淮河的警告》，徐剑《大国长剑》，王家达《敦煌之恋》，何建明《共和国告急》，李鸣声《走出地球村》，程童一等《开埠》，董葆存《毛泽东和蒙哥马利》。

第二届报告文学奖

何建明《流泪是金》，王树增《远东朝鲜战争》，梅洁《西部的倾诉》，李鸣生《中国863》，杨黎光《生死一线》。

第三届报告文学奖

王光明、姜良纲《中国有座鲁西监狱》，李春雷《宝山》，杨黎光《瘟疫，人类的影子——"非典"溯源》，加央西热（藏）《西藏最后的驮队》，赵瑜、胡世全《革命百里洲》。

第四届报告文学奖

朱晓军《天使在作战》，何建明《部长与国家》，党益民《用胸膛行走西藏》，王宏甲《中国新教育风暴》，王树增《长征》。

第五届报告文学奖

李鸣生《震中在人心》，张雅文《生命的呐喊》，关仁山《感天动地——从唐山到汶川》，彭荆风《解放大西南》，李洁非《胡风案中人与事》。

第六届报告文学奖

黄传会《中国新生代农民工》，任林举《粮道》，肖亦农《毛乌素绿色传奇》，铁流、徐锦庚《中国民办教育调查》，徐怀中《底色》徐怀中。

第七届报告文学奖

李春雷《朋友：习近平与贾大山交往纪事》，丰收《西长城》，许晨《第四极：中国"蛟龙"号挑战深海》，徐刚《大森林》，纪红建《乡村国事》。

第八届报告文学奖

丁晓平《红船起航》，欧阳黔森《江山如此多娇》，钟法权《张富清传》，龚盛辉《中国北斗》，蒋巍《国家温度》。

辞赋（当代）

新辞赋	承传统	朝文兴	开新风
论辞赋	争奇风	华韵律	排比对
铺采文	兴时风	寄情志	赋雅俗
鲲鹏赋	周笃文	炎黄赋	为范曾
龙门赋	孙继纲	七一九	潘承祥（《七一九赋》）
八一赋	李东东	党旗赋	孙五郎
长征赋	崔书林	抗战祭	陈洪勋（《抗日战争胜利七十周年祭》）
军魂赋	数王铁	奥运赋	为姚平（《当代中国军魂赋》《北京迎

奥运赋》）

丝绸赋	马建勋	苍松赋	江必新（《新丝绸之路赋》）
神州赋	袁瑞良	昆仑赋	韩邦亭
河山赋	姜东阳	三江源	彭宗谷（《万代河山赋》《三江源赋》）
和平赋	闵凡路	中华赋	王庆绪（《世界和平赋》）
航天赋	王金玲	齐鲁颂	陈逸卿
边锋赋	周晓明	鹏城赋	黄扬略
桑兰赋	刘永成	清明赋	石梦溪
牡丹赋	赵方平	寒梅赋	司有来
稻米赋	徐子芳	农古赋	文中华
小草赋	孟建国	白水赋	钟秀华
兰山赋	为杜伟	梨花赋	侯公涛
映山红	为李睿	三国源	何开四（《映山红赋》《三国源赋》）
写龙赋	赵厚庆	望海楼	王棋泰（《望海楼赋》）
品茗赋	张天夫	千岛湖	黄少平（《千岛湖赋》）
颐和园	朱天运	茶经楼	刘献琛（《颐和园赋》《茶经楼赋》）
魁星阁	伍康希	溶洞赋	周清印（《魁星阁赋》《桂林溶洞赋》）
陇南赋	陈郑云	天地赋	刘永成（《陇南美景赋》）
河西廊	李永禧	长城赋	为秋叶（《河西走廊赋》）
雄鹰赋	李长空	吉羊赋	向胤道
抒情志	弘传统	文博馆	侯瑞峰（《中国文字博物馆赋》）
古籍赋	吴健永	农展赋	为唐珂（《中华古籍赋》《农展馆赋》）
庄严赋	严保伦	诚信赋	陶武先
斗沙赋	为李镜	巴河赋	冯紫明（《库布其斗沙赋》《巴城巴河改造工程赋》）
长感赋	为蒋凡	春行赋	吕克俭（《长江口感怀逝者如斯赋赋》）
城史记	赋华章	风古今	文特色
宜宾赋	魏明伦	东台赋	梁思波

223

苏州赋	柯继承	沈阳赋	李仲元
广州赋	刘思奋	北京赋	为廖奔
南昌赋	杨纪伟	巴东赋	熊召政
荆门赋	李勋明	三沙赋	黄国其
贵阳赋	刘长焕	桂林赋	何开粹
商洛赋	姚敏杰	寿光赋	刘献琛
涡阳赋	为杨光	运城赋	黄勋会
南漳赋	崔书林	大连赋	张本义
延安赋	商子秦	锦州赋	白雪生(《延安新城赋》)
重庆赋	蓝锡麟	吐鲁番	刘书环(《吐鲁番赋》)
赋文献	华昭彰	论厚实	出新意
选堂赋	饶宗颐	赋骈文	简宗梧(《选堂赋话》《赋与骈文》)
赋研究	龚克昌	辞赋典	霍松林(《汉赋研究》《辞赋大词典》)
赋美学	章沧授	赋通义	姜书阁(《汉赋美学》《汉赋通义》)
写赋史	马积高	赋学论	曹明纲(《赋学概论》)
辞赋论	何新文	汉赋史	张恩富(《辞赋散论》《汉赋的历史》)
赋源流	罗鸿凯	赋纵横	康金声
律赋论	尹占华	魏晋赋	程章灿
赋美论	李翠英	清赋研	孙福轩
唐赋研	郭建勋	宋赋论	何玉兰
国典赋	陈洪治	赋评注	于海洲(《国学经典·赋》《当代百家辞赋评注》)

致　谢

　　从读书、写作《思想——财富的源泉》一书，在光阴似箭的时间里花费了十年时间。每一次读书，都有古今名人、作者的陪伴与交流。而写一本人文思想的书离不开他们的人文思想指引与借鉴，也凝聚了他们的智慧结晶，感谢他们提供了丰富的精神食粮，让我读到了真知与人文科学，让我感受到了知识与精神的可贵，感谢在孤独中写作的自己而付出的辛劳与努力，感谢亲友、文友、战友、学友、领导的关心、支持与厚爱，感谢编辑付出的辛劳与心血，让文字有着严谨与文理，感谢浏阳河这片美丽的地域孕育了创作的灵感……

黄国其
2022 年 11 月 8 日